世界500强卓越员工训练手册

这样的工作

王铁梅 著

最出色

最富激情的自我能力提升

金牌员工职场问鼎之术

百花洲文艺出版社

BAIHUAZHOU LITERATURE AND ART PRESS

图书在版编目(CIP)数据

这样的工作最出色 / 王铁梅著. — 南昌：百花洲文艺出版社, 2017.12

ISBN 978-7-5500-2523-3

Ⅰ.①这… Ⅱ.①王… Ⅲ.①企业-职工-修养 Ⅳ.①F272.92

中国版本图书馆 CIP 数据核字(2017)第 275566 号

这样的工作最出色

王铁梅 著

出 版 人	姚雪雪	
责任编辑	郑　骏	
美术编辑	大红花	
制　　作	郑　健	
出版发行	百花洲文艺出版社	
社　　址	江西省南昌市红谷滩世贸路 898 号博能中心 A 座 20 楼	
邮　　编	330038	
经　　销	全国新华书店	
印　　刷	北京欣睿虹彩印刷有限公司	
开　　本	787mm × 1092mm　1/16	印张 14
版　　次	2019 年 1 月第 1 版第 1 次印刷	
字　　数	400 千字	
书　　号	ISBN 978-7-5500-2523-3	
定　　价	39.90元	

赣版权登字：05-2017-457

邮购联系　0791-86895108

网　　址　http://www.bhzwy.com

图书若有印装错误，影响阅读，可向承印厂联系调换。

前 言

企业是员工展现才华、发展自己的平台；员工则是企业的支撑者和创造者。企业离开员工将无法生存和发展，员工离开企业将无法实现自己的价值。因此，企业和员工之间是相互依存、相互制约的关系。

一个成功企业最核心的东西是什么？不是企业的规模，也不是企业在市场上的竞争力，而是企业内部员工所具备的敬业精神和对待工作的态度。企业需要什么样的员工？为什么有些企业宁愿高薪聘请自己需要的员工，而不愿意留用一些老员工呢？为什么有些员工刚进公司不久就能被重用提升，而有些员工总是没有丝毫起色？企业到底喜欢用什么样的员工？而员工怎样才能让自己变成企业喜欢的优秀人才？这其中的奥秘又是什么呢？这些是困扰着每一位员工的问题。

其实，不论什么样的公司，不管从事什么样的工作，优秀员工身上都有着某些共同的特点，这些特质和他们从事的工作没有任何关系。优秀员工对待自己的企业就像对待自己的家一样，对待自己的工作就像对待自己的事业一样，从来不把自己当作是给别人打工的，也从来不会轻视自己所在的企业和自己所从事的工作，无论什么时候都把企业的利益放在第一位。

在工作中，优秀员工尽职尽责，从不找任何借口推卸责任；不论遇到什么艰巨工作，他们都会积极主动地去完成，并不需要老板的吩咐和催促；他们懂得细节决定成败的道理，在工作中注重细节，明白工作中无小事，力争完美；而且他们还有着良好的人际关系，不论与领导还是与同事都能够融洽地相处，积极融入到自己所在的团队中，与其他团队成员默契配合，相互信任、协作，为团队创造奇迹，贡献自己的力量。

你想从一名普通的员工变为企业欢迎的优秀员工吗？你想成为老板身边不可或缺的优秀人才吗？你想和团队一起分享成功后的喜悦吗？你想展示自己的才华，让自己成为一个成功的人吗？那么，就拿起这本书吧，这里有你急切需要的所有答案！

目 录

第四章　做最忠诚的员工

第五章　工作无小事，细节定成败

第九章　做公司最受欢迎的员工

第十章　永远把客户放在第一位

第一章
带着感恩的心去工作

　　学会工作，懂得感恩，是世界众多知名企业的企业文化，也是企业生存和发展的重要方式和员工持续进步的动力。只要带着感恩的心去对待自己的工作，那么你就会变成一个珍惜工作、热爱工作，在工作中尽职尽责，投入自己全部激情的人。只有带着感恩的心去工作的人，才能在工作中发现别人发现不到的乐趣，学到别人学不到的知识，积累到别人不具备的经验。只有这样，一个人在工作中的价值才能被体现，潜力才能被发掘，智慧才能被激发，最终达到自己事业的巅峰。

怀着一颗感恩的心去工作

俗话说,"受人滴水之恩,就当涌泉相报"、"谁言寸草心,报得三春晖"。自古以来,知恩图报一直是中华民族的传统美德,更何况在如今这个文明的社会,知恩图报已经成为建设和谐社会的需要,因为带着感恩的心与人交往可以增进彼此的沟通、理解和信任。而在我们每一天的工作中也需要用感恩的心来对待每一件事情。其实感恩是一种良好的心态,当你带着一颗感恩的心去工作的时候,你就会从工作中体验到快乐。

在工作中,我们常常会遇到企业员工对自己的老板和工作满腹牢骚、抱怨不已,认为老板太苛刻、工作太繁重、薪水太少。但是,如果我们时常怀着一颗感恩的心,就会有意想不到的收获。

一个人的成功跟个人的努力有很大的关系,但更不能缺少的是别人的帮助。在你努力工作的时候,总会或多或少得到老板和同事的帮助。因此,当你由一名普通员工上升为一名优秀员工的时候,你最应该感谢的是曾经帮助过你的老板和同事。

有一位成功人士这样说 :"是感恩的心态改变了我的人生。当我清楚地意识到我没有任何资格要求别人的时候，我对周围的点滴关怀都怀有强烈的感激之情。我竭力要回报他们,我竭力要让他们快乐。结果,我不仅工作得更加愉快,所获得的帮助也更多,工作也很出色,我很快就获得了加薪升职的机会。"

如果我们常怀感恩之心，就能正确处理好人生中遇到的各种事情，就不会迷失方向，也不会放松对自己的要求;如果我们常怀感恩之心，就会工作有目标,生活有激情,就能把分内的事情干好,创造出成绩,真正做到有声有色工作,有滋有味生活,有情有义交往;如果我们常怀感恩之心,就不会在工作中斤斤计较、患得患失,就不会有任何怨言。

有这样一则故事:

在一个闹饥荒的小城镇，一个心地善良的面包师把邻近的最穷的几十个孩子召集到跟前，指着一个盛有面包的篮子，对他们说:"这个篮子里的面包你们每人可以取走一个。在上帝带来好光景以前,你们每天都可以来拿一个面包。"

一瞬间,这些饥饿的孩子像一窝蜂似的拥了上来,他们围着篮子推来挤去大声地叫嚷着，都在抢着去拿最大的面包。当他们拿到面包后飞一样跑了,几乎没有一个人向这位好心的面包师说声谢谢。

有一个小女孩没有同大家一起争抢。她只是站在一步以外,等别的孩子都拿到面包以后，才把剩在篮子里最小的一个面包拿起来，又转身向面包师表示了感谢，并亲吻了面包师的手之后才向家走去。

第二天,面包师又把盛面包的篮子放到了孩子们的面前,孩子依旧如昨日一样疯抢着,最后那位羞怯、可怜的小女孩只得到一个比第一天还小一半的面包。当她回家以后,妈妈切开面包时看到许多崭新、发亮的银币掉了出来。

　　妈妈在惊喜中沉思片刻，果断地说道："一定是面包师揉面的时候不小心揉进去的。立即把钱送回去，赶快去！"当小女孩拿着银币回到面包师那里，并把妈妈的话告诉面包师的时候，面包师慈爱地说："不，我的孩子，这没有错，是我把银币放进小面包里的，我要奖励你。愿你永远保持现在这样一颗感恩的心。回家去吧，告诉你妈妈这些钱是你的了。"小女孩儿激动地跑回了家，告诉妈妈这个令人兴奋的消息。这是她的感恩之心得到的回报。

　　在人生道路上，我们都得到过别人的恩惠和帮助。所以，我们应该感谢那些曾经帮助过我们的人，感谢他们对自己的眷顾。

　　同样，在职场中做事情，都要怀揣着一颗感恩的心，不去计较一时的得失。

　　在我们身边经常会遇到这样的员工，他们在工作的时候敷衍了事，抱着做一天和尚撞一天钟"的态度，每天只想着轻轻松松地领工资而不愿意多干一点工作。试想，哪一个企业会欢迎为企业创造不了一点价值的员工呢？

　　感恩是一种人生的基本品质，也是人生的一种智慧。只要我们带着一颗感恩的心去生活与工作，我们就不会有太多的抱怨，就能保持我们阳光的、健康的、积极的本质，就能微笑着迎接生命中的每一天，就能快乐地生活和工作着。

工作感悟

　　"落红不是无情物，化作春泥更护花"是落叶对根的感恩，"谁言寸草心，报得三春晖"是儿子对母亲的感恩。生活在这个世界上的万事万物都在为自己所能够拥有的而感恩。因为，常怀感恩之心，我们的心态就会更加平和；常怀感恩之心，我们的工作就会更加充实；常怀感恩之心，我们就会更加忠诚敬业。

企业是你生存和发展的平台

美国商界名人约翰·洛克菲勒曾对工作下过这样的定义："工作是一个施展自己才能的舞台，我们寒窗苦读得来的知识、我们的应变力、我们的决断力、我们的适应力以及我们的协调能力都将在这样的一个舞台上得到展示……"

大家都看过演戏，演员要想在观众面前展现自己的艺术才华，那么就必须借助舞台来施展，从而得到观众的认可。企业和员工的关系也像舞台和演员的关系一样，企业为员工搭建了展示人生创造力的大舞台，员工只有在舞台上扮演好自己的角色，才能得到这个社会的认可。如果离开企业这个平台，就如演员离开了舞台，空有才华，也无法施展。

企业和员工是一个共生体。对企业来说，要想成长就要靠员工的不断努力。对于员工来说，只有企业发展了，自己才能有更大的发展空间。就如诸葛亮没有遇到刘备，即使他有再高的才华也只是一个农民；韩信没有在刘邦的军队中任职大将军，他可能只是那个被人耻笑的落魄青年。所以，只有公司为自己提供了展示自己才华的平台，才可能为自己带来意想不到的成功。

有这样一个小故事：

三个工人在砌一堵墙。

有人过来问："你们在干什么？"

第一个人无精打采地说："难道你没看见吗？砌墙。"

第二个人抬头笑了笑，说："我们在盖一幢高楼。"

第三个人边干边哼着歌曲，他笑得那么开心："我们正在建设一个新城市。"他在心中憧憬美好的未来。

10年后，第一个人在另一个工地上砌墙；第二个人坐在办公室中画图纸，他成了工程师；第三个人呢，成了一家大企业的老板。

三个工人，同样的起点，却有着不一样的结果，很显然他们有着不一样的价值观和人生观。前者并不知道为何工作，后二位却为自己的将来工作，从而把砌墙当成是开创自己事业的一个平台。

总有这样一些人，喜欢一边工作一边不停地抱怨，或者因为薪水太低，或者因为工作太累，或者因为老板太严厉，等等。这些人还没有领悟到工作的真谛，认为自己是在为别人工作，其实这是错误的想法。每个人所做的每一件事情都是为了自己，都是在为自己的将来搭桥铺路。

企业和员工之间是"互相依存""一荣俱荣，一损俱损"的关系，只有确保企业这个平台的良好运转，才有员工生存和发展的机会。

贝尔从麦当劳的一名厕所清洁工做到总裁就是很好的例子。

贝尔幼时家境极其贫寒，迫于生计，15岁的他到麦当劳求职。当时他找到麦当劳店的店长，请求给他一份工作。由于营养不良，贝尔看上去瘦骨嶙峋，脸上没什么血色，穿戴也是土里土气。店长看他这副模样，委婉地拒绝了他，说："店里暂时不需要人手，希望你到别的地方去看看。"

过了几天，贝尔又来了，言辞更加恳切，他对店长说："只要能工作，即使没有报酬也行。"见店长没有吭声，贝尔感到了一点希望。他小声说："我看到厕所的卫生状态似乎不是太好，这样也许会影响您的生意。要不，安排我扫厕所吧。只要给我解决吃住就行了。"店长被贝尔的真诚打动了，答应让他先试工三个月。

经过三个月的考查后，店长正式宣布录用贝尔，并且安排他接受正规的职业培训。接着,由于贝尔工作表现突出,店长又相继把他安排在店内各个岗位进行锻炼。19岁那年,贝尔被提升为麦当劳在澳大利亚最年轻的分店经理。1980年,他被派驻欧洲,那里的业务扶摇直上。此后,由于他的精明能干他先后担任麦当劳澳大利亚公司总经理,亚太、中东和非洲地区总裁,欧洲地区总裁及麦当劳芝加哥总部负责人,直到后来担任管理全球麦当劳事务的执行总经理。

企业是员工的发展平台,正是因为有了麦当劳这个平台,贝尔从一名厕所清洁工起步,一路扶摇直上做到了麦当劳公司的执行总经理,管理这个世界上最大的餐饮公司。

成功后的贝尔对麦当劳充满感激之情,在总裁坎塔卢波去世后,他临危受命,接管麦当劳,当上了总裁,他更加努力工作,即使他身患癌症,他也仍坚持着为企业工作了半年多。

员工靠企业生存,企业靠员工发展,企业与员工是一种相互依存的关系,少了任何一方,另一方的存续都将成为一纸空文。企业要发展,靠的是人、财、物的实力,而人则是其中最核心、最活跃的因素,没有员工就没有企业;没有优秀的员工,搞好企业只能是空谈而已。企业的强盛,依赖于每一位员工的素质和能力,依赖于员工对企业的关心、热爱与奉献。

维护公司利益就是维护和建设这个平台。只有这个平台越来越大,越来越好,才能为员工创造更多成功的机会,提供更大发展的空间。企业不但是员工之间互相交流、沟通和协作的平台,也是员工学习和展示才华的平台,只有从这个意义上认识企业,你的职业生涯才有意义,才能将工作视为乐趣而不是痛苦。

工作感悟

在每一个人的生命中,工作是最重要的组成之一。如果一个人失去了工作,那么他就会失去生存的依靠。所以,为自己能够拥有工作而高兴吧,热爱自己的企业吧,只有这个平台才能让自己的生命更有意义,更加精彩。

积极行动起来为公司赚钱

创造利润是每一个企业的原始推动力,有利可图是一个企业运营的意义和目的。对于在企业工作的员工来说,劳动是谋生的手段,只有通过劳动为企业创造价值,企业能够赢利,员工才能获取报酬,才能有稳定的生活保障。

因此,现代企业在聘用员工的时候,首先考虑的一点就是这个员工能否为公司创造价值。比尔·盖茨曾说过:"能为公司赚钱的人,是公司最需要的人"。所有老板都希望自己的员工能够有尽力为公司赚钱的概念。

经过一段艰难的求职经历之后,王晓好不容易应聘到一家销售厨房用具的公司做销售工作,试用期是一个月,试用期的待遇是没有底薪,工资按销售额的 20% 提成。

公司一套厨房用具的定价是 2800 元,推销它,这在收入较高的大都市并不是什么难事,但市民对推销的反感及对推销员的不信任,使王晓千辛万苦地奔波一个星期,竟没有签到一份订单。与王晓同时进公司的 19 位同事中,有两个顶不住,主动辞职了。另外两个同事则搞起了降价销售,最低时卖到 2300 元,一套只能拿 60 元提成。价格毕竟是最具竞争优势的,更何况厨具质量确实不错,同事的订单果然陆续而至。于是,其他同事争相仿效,一时间价格一片混乱。但王晓一直坚持公司的定价销售,由于价格原因而未能成交几笔生意。

试用期满后，大家再一次聚在会议厅里，王晓是最心虚的，因为她只有两份订单，而其他同事，少则 10 份，多则 30 份。

总经理对他们说："经过公司研究，决定在你们当中录用一人，她就是王晓。"

当总经理说出王晓的名字，宣布王晓被录用时，不仅同事，就连王晓自己都深感意外。几位同事对这个结果愤愤不平，总经理却说："她虽然只有两份订单，但是，她的两份订单都是按公司定价签下的。公司早有规定，不得抬价、降价，我希望我的员工能忠于本公司。另外，公司的定价已经全面考虑了员工和公司的利益，为了争取订单而不惜丧失自己该得的那部分利益，这也许并没有什么大错，但你们辛辛苦苦工作为了什么？我希望我的员工认识到自己工作的价值，不仅有为公司赢利的观念，更要有为自己赢利的观念。"

企业的首要目的就是赚钱，无论你干哪一行，你都必须证明自己是公司珍贵的资产，证明你是可以为公司赚钱的。此外，你还要具备在帮老板赚钱的同时也在为自己赚钱的能力。

陈瑶长得不是很漂亮，学历也不是很高，在一家房地产公司做电脑打字员。她的打字室与总经理的办公室仅隔一块大玻璃，老板的一举一动只要她愿意就可以一览无余，但是她很少向那里看一眼，她每天都有打不完的资料。陈瑶知道工作认真是她唯一可以和别人一争高低的资本。她处处为公司打算，打印纸都舍不得浪费一张，如果不是紧要的文件，她会一张打印纸两面用。

一年以后，公司资金运营困难，员工的工资开始告急，员工纷纷跳槽，最后，总经理办公室的工作人员只剩下陈瑶一个人，而老板整天唉声叹气地在办公室来回踱着。有一天陈瑶走进老板的办公室，直截了当地问老板："您认为您的公司已经垮了吗？"老板很惊讶，说："没有！""既然没有，那您就不应该这样消沉。现在的情况确实不好,但并不是只有我们一家是这样,很多公司都面临着同样的问题。虽然您的200万美元砸在了工程上,成了一笔死钱,可公司没有全死呀!我们不是还有一个公寓项目吗?只要好好做,这个工程就可以成为公司重整旗鼓的契机。"说完,她拿出那个项目的策划文案。隔几天后,陈瑶被派去搞那个项目。两个月后,那片位置不算好的公寓全部先期售出,陈瑶为公司拿到了3800万美元的支票,公司终于有了转机。

四年以后,陈瑶作为公司的副总经理,帮老板做了好几个大项目,而且忙里偷闲,炒了大半年股票,为公司净赚了600万美元。又过了四年,公司改成股份制,老板当了董事长,陈瑶则成为新公司第一任总经理。

当有人问陈瑶如何甘冒风险通过炒股为公司盈利时,她的回答只有简单的八个字:"一要用心,二没私心。"

通过陈瑶的故事,我们更应该信奉:"任何一份私下的努力,都会有双倍的回报,并在公众的场合表现出来。"

平凡的人在自己平凡的岗位上默默地付出着,不追求名,不追求利,但是天地间的天平,却回报了他们相应的酬劳。

工作感悟

任何一个企业,不论规模大小,不论生产性质,其最终的目的都是赢利赚钱。老板雇佣员工,希望员工能够为自己创造的财富远远要大于雇佣所支付的薪水。因此,要想成为一名老板喜欢的优秀员工,就要学会怎样为老板赚更多的钱。

常怀感恩之心，常做有益之事

感恩是人性善的反映，它是一种品德，一种生活态度，一种健康心态，一种处世哲学，一种智慧品德。知恩、感恩、报恩是中华民族的光荣传统和优良美德，影响着一代又一代的人。而且这样的举动、这样的事例在当今社会比比皆是，如张尚昀背着重病的母亲求学进取，洪战辉历尽艰辛带着"弃婴妹妹"读大学，王乐义身患癌症不辞辛苦推广大棚蔬菜技术，华益慰以高尚医德和高超医术彰显济世良医的仁慈心怀。他们的这些善德壮举，都源于一颗感恩的心。

一个人从呱呱坠地，然后长大成人，开始涉足社会生活，在成长的各个阶段和环节，都离不开社会各方面的帮助和支持。父母的抚养、亲人的呵护、朋友的帮助、单位的关怀、社会的教育和培养，都是我们终生难忘的感恩之源。如果没有这些方面的关心和帮助，恐怕也就没有我们的今天。

比尔·盖茨，这位全球巨富，从 2008 年 6 月 27 日下午起卸任微软执行董事长，自己连"人"带"钱"投入到慈善事业。他把 80%的时间用于做慈善事业，将 580 亿美元的个人资产悉数移交至"比尔和梅琳达·盖茨基金会"账户名下。

盖茨曾在声明中说："伴随巨大财富而来的是巨大责任，现在是把这些资源回报社会的时候了，而帮助困境中的人们是回报社会的最好方式。"

世界首富比尔·盖茨创造了世界的一个奇迹，但是任何奇迹都有其内在的逻辑可循。盖茨用智慧、能力使财富快速积累，是受益于美国和世界对其创业和创新的认可，而盖茨又用自己的财富来回馈社会，这是因为他与众多的"慈善先行者"一样，对人间财富抱有感恩的态度。

有这样一个小故事：

一个生活贫困的男孩为了积攒学费，挨家挨户地推销产品。他的推销进行得很不顺利。每到傍晚时分，他就感到疲惫万分、饥饿难挨，绝望地想放弃一切。这天，他走投无路的时候，他敲开一扇门，希望主人能给他一杯水喝。开门的是一位美丽的年轻女子，她笑着递给他一杯浓浓的热牛奶。男孩和着眼泪把牛奶喝了下去。就是这杯牛奶使他对人生重新鼓起了勇气，充满了希望。

若干年以后，这位小男孩成了一名著名的外科大夫。有一天，一位病情严重的中年妇女被转到了他的医院。他顺利地为妇女做了手术，挽救了她的生命。就在这时他惊喜地发现，这位妇女正是多年前在他饥寒交迫时热情地递给他那杯热牛奶的女子！但是，现在那位女子正在为昂贵的手术费发愁，他决定悄悄地为她做点什么来报答女子的恩情。那女人在自己的手术费单上看到了这样一行字：手术费＝一杯牛奶。她没有看懂那几个字，她早已不再记得那个男孩和那杯热牛奶。然而，不记得又有什么关系呢？这是她善举所得到的回报。

常怀感恩之心，就是永远不曾忘记在自己人生的每个关口给予我们以无私帮助的人们，包括亲人、朋友、同事以及自己的工作！有的帮助是至关重要、十分重大的；有的也可能是十分微小、微不足道的。也许曾经帮助过我们的人，由于种种原因不再是朋友，甚至是仇人；也许别人给你的帮助，他们早已忘记了。但是不管怎样，他们都是在我们人生中助我们一臂之力的人。我们应常怀一份感恩之心，时常感激他们，有机会就报答他们，这样才是一个知恩图报的人的起码常识和条件！

一次美国总统罗斯福家里被盗,被偷去了许多东西。家里被盗对任何人来说都是一件不幸而且非常气愤的事情,但是罗斯福恰恰相反,他不但没有责骂小偷,而且还找出三个感恩小偷的理由。在给安慰他朋友的回信中,他这样写道:"亲爱的朋友,你不必为我担心,我现在很平安。感谢上帝,因为第一,贼偷去的是我的东西,而没有伤害我的生命;第二,贼只偷去了我的部分东西而不是全部;第三,最值得感谢的是,做贼的是他而不是我。"

当今不论工作还是生活,每个人都存在着很大的压力,致使人们的情绪烦躁不安,一遇到自己不顺心的事情就开始抱怨,而能做到像罗斯福这样用一种幽默的语言、一种感恩的心态化解看似痛苦事情的人很少了。

感恩是一个人与生俱来的本性,是一个人不可磨灭的良知,也是现代社会成功人士健康性格的表现。一个不知道感恩的人,必定拥有一颗冷酷绝情的心,也绝对不会成为一个对社会有贡献的人。

工作感悟

我们时常要这样告诫自己:如果没有父母,我就不会有生命;如果没有教师,我就不会有知识;如果没有了工作,我就无法生存。所以,我要感谢这一切,感谢上苍对我们的眷顾。

抱怨少一点，感恩多一点

在工作中经常听到有人会发出这样那样的抱怨。有时仔细想想，生活和工作中的确存在很多不公平，所以，抱怨自己运气不好，生不逢时也是很正常的事情。但是，如果在生活中少一点抱怨，多一点感恩，生活会走得更远，将会更美好。

易中天刚刚出名在接受记者的采访时，感慨地说："我走上'百家讲坛'，成了'名人'，对往事的回忆，我的看法是'三多三少'：多一点感恩，少一点抱怨；多一点宽容，少一点挑剔；多一点理解，少一点争执。"易中天的肺腑之言很能说明社会生活中的哲理。

薇薇在一家电子产品公司做营业销售员。五六年的时间过去了，她仍然做着一名小小的营业员，连一个店长也没有当上。店长不是公司其他人当就是从外招聘进来的，总之没有她的份。为此，她经常向朋友抱怨，一会儿说老板没眼光，一会儿又说同事们都挤对她，对此朋友也替她愤愤不平。

有一次，薇薇的朋友到她所在的店里看望她。薇薇放下手中的工作和朋友聊天，非常开心，还拿着手机不停地玩游戏。顾客来了她就当没看见，问她的时候也是爱理不理的。一位顾客想向薇薇询问一些关于产品的情况，但是一看到她那漫不经心的样子便走了。一连来了五个顾客都是这样，到第六个顾客的时候，她还向顾客抛了一句："买不起就别看。"使顾客尴尬至极，愤愤地离开了。

过了几个月，这位朋友又去店里，发现薇薇没在，在询问一位同事后，才知道薇薇已经被解雇了。这位朋友对此并没有感到吃惊。因为，上次她看到了薇薇的工作态度后，就感觉薇薇被解雇是迟早的事。

一个人要想在事业上取得成功，那么扮演好自己在工作中的角色是最重要的。无论你目前所做的工作有多么地卑微，薪水有多么地可怜，你都要一步一个脚印地做好自己的本职工作，只有这样才能在这个岗位上创造出惊人的成绩，才能达到事业的成功。

企业不是一个慈善机构，既然它支付了你薪金，就自然承认了你所承担的工作是别人无法替代的，那么你的功劳和成果也自然而然毋庸置疑。

"不要抱怨玫瑰有刺，要为荆棘中有玫瑰感恩"，这句话十分经典地阐述了抱怨与感恩的心态转换。

在工作中如果我们能够经常换位思考，不管我们现在所处的环境是顺境也好，逆境也罢，只要我们能够学会在顺境中感恩，就算是逆境来临也照样感到快乐。

人生活在这个世界上，没有任何抱怨是不可能的，但是我们可以减少抱怨，把每次的抱怨化解成为一次感恩的机会，你会发现其实这个世界很美，自己很幸福。

著名投资专家约翰·坦普尔顿通过大量的观察研究得出这样一条重要的结论："取得突出成就的人与取得中等成就的人几乎做了同样多的工作，前者仅仅是多做了一份努力，却取得了与后者有天壤之别的成就。"尽职尽责的员工固然是让人放心的员工，但是如果想成为一名优秀的员工，那么每天就让自己多做一点事情，每天让自己进步一点点。让自己努力做到少一点抱怨，多一点感恩吧！

工作感悟

工作中，很多人都在抱怨自己时运不济，付出太多而得到的很少,别人总是很容易成功,而自己却总是与成功无缘。其实,成功与失败都掌握在自己的手中,就看你怎样去对待。

感恩的员工绝不出卖公司的机密

严守公司的机密是现代员工的基本行为准则,也是员工事业成功的首要准则。因为商业机密关系到企业的生存和发展。目前,企业之间的竞争相当激烈,为了不给对手有可乘之机,每家企业都很看重自己的商业机密。但是他们在不希望看到员工泄露企业机密的同时又不能保证自己的员工都能做到严守。因此,现在企业在用人的时候都是将道德和才能放在一起来对员工进行考核。

一名员工的角色,不仅是为自己争利益,更要为企业争取利益。只有企业发展了,你才会跟着得到发展。有时,企业与个人在利益上也会发生冲突,这时个人千万不能把企业利益置之度外,使自己铸成大错。作为公司的职员,任何时候都要在心里放一条准则:什么事可为,什么事不可为,绝不能去做损人利己的事情。

王强是一家金属冶炼厂的技术骨干,由于工厂准备改变发展方向,王强觉得工厂不再适合自己,他准备换一份工作。

鉴于王强原来工厂在行业上的影响力以及他自身的能力,他要找一份工作是轻而易举的事情。很多公司早就邀请过他,但是都被谢绝了,这次是王强主动要走,很多公司都认为这是获得他的绝好机会。

很多公司对王强给出了很高的条件,但是王强觉得这种高条件后面一定隐藏着另外一些东西。他知道不能为了某些优厚的报酬而背弃自己的某些原则。因此，王强拒绝了很多公司的邀请。最后他决定去全国最大的金属冶炼公司应聘。

负责面试王强的是该公司负责技术的副总经理，他对王强的能力没有任何挑剔，但是却向他提出了一个让王强很失望的问题：

"我们很高兴你能够加入我们公司，你的资历和能力都很出色。我听说你原来的厂家正在研究一种提炼金属的新技术，据说你也参与了这项技术的研发，我们公司也在研究这门新技术，你能够把你原来厂家研究的进展情况和取得的成果告诉我们吗？你知道这对我们公司意味着什么，这也是我们聘请你来我们公司的原因。"那位副总经理说。

"你的问题让我十分失望，看来市场竞争确实是需要一些非常手段，但是我不能答应你的要求，因为我有责任忠诚于我原来的企业。尽管我已经离开它了，但任何时候我都会这么做，因为信守忠诚比获得一份工作重要得多。"

王强身边的人都为他的回答感到惋惜，因为这家企业的影响力和实力比他原来的工厂要大得多，在这里工作是无数人梦寐以求的，但是王强却放弃了这个绝好的机会。

就在王强准备去另一家公司应聘的时候，那位副总经理给他来了一封信，在信中他这么说道："王先生，你被录取了，并且是做我的助手，不仅是因为你的能力，更因为你时时刻刻都想着为自己的企业保守商业机密，你是好样的！"

每个公司都需要像王强这样的职员，你只有成为这样的人才能受到公司的重用。无论在哪个公司，你都应该保守公司的机密，对公司的各种事情都不随便张扬，要守口如瓶。

一个不能为企业保守商业机密的人，哪怕他有出众的才华，无论到哪家企业都不可能得到老板的信任，更不会得到重用。没有人会信任一个不讲诚信，不忠诚的人。因此，忠于公司就是忠于自己，背叛公司，背叛职业道德，其实也就是背叛你自己，最终的结果就是走向失败。

在充满诱惑的商业社会中，有些人很容易背叛自己原来服务的企业，用出卖企业的秘密来换取新的工作，正是因为这样，那些能够守护自己职业道德的人就显得很可贵。因为，坚持自己的职业道德，需要的是鉴别力和抵抗力，更需要经得住巨大的诱惑力。当你忠诚并感恩你的企业时，你所得到的不仅仅是企业对你的信任，而且有比这更大的收益。

工作感悟

现代企业之间的竞争越来越激烈，为了在市场上占据优势地位，每个企业都会有自己的商业机密。所以，严守企业机密就成为衡量一名员工职业道德和职业素质的重要准则。只有这样的员工才是值得老板欣赏、信任并委以重任的人。

懂得感恩才会得到真正的快乐

一个懂得感恩的人是自足而幸福的。感恩的心如同原野上的满天星斗，在生活的底子上虔诚地绽放，美丽而夺目；感恩，就像黑暗中的一盏明灯，给空旷幽暗的世界送去一点光明，它使我们在失败时看到差距，在不幸时得到慰藉，获得温暖，激发我们挑战困难的勇气，进而获取前进的动力。

懂得感恩的人是快乐的，会享受到更多生活的乐趣，这并不是上帝在眷顾他们，而这一切都是他们自己创造的。面对同样的一件事物，感恩者会充满感激，而不懂感恩的人只会一味地抱怨。其实上帝对每个人都是公平的，不同的只是人们的心态。

在生活中计较得多了，便是一种失去。因为计较太多，心灵的负担就会加重，失望、生气、悲伤、愤怒等种种不良的情绪就会占据我们的心灵空间，从而将快乐挤走。少计较，也并非就一定是失去了什么，可能正是另一种意义上的得到。因为有时候，舍不是弃，弃也不是无，而是一种更宽广的生命拥有和拾取。"塞翁失马，焉知非福？"我们丢掉的也许只不过是一些可有可无的东西，结果却得到了更舒心的快乐！

有这样一句话"一个人要学会感恩，才能真正快乐。"感恩是爱的根源，也是快乐的必要条件。班尼迪特说："受人恩惠不是美德，报恩才是。当他积极投入感恩的工作时，美德就产生了。"拥有感恩之心的人，即使仰望夜空，也会有一种感动，体会到快乐。

作为一名员工，对公司，我们要心怀感恩，因为公司为我们提供了发展的空间和物质生活的保障，使我们的聪明才智找到萌芽的土壤；对领导，我们要心怀感恩，没有领导的信任支持，我们的努力最终都可能是一场空，领导为我们提供了机会和空间，使我们得以施展自己的能力和才华；对同事，我们要心怀感恩，个人的力量是渺小的，在激烈地竞争中胜出还是要依靠团队的力量，凝聚产生力量，团结诞生兴旺，有了大家的共同奋斗，才会创造辉煌的业绩。

经常能听到大家这样说：每个月就数发薪水的日子最快乐。是啊，当然要开心，那是我们工作带来的快乐。那么与其仅一天的开心，为什么不能让自己每天都开心呢？薪水不能天天发，但快乐是可以天天有的。怎样让快乐充斥我们的每一天呢？很简单，去感恩自己的工作吧。我们甚至可以这样想：我们工作不只是为了给公司做贡献，我们是为了能快乐地生活和更好地提高生活质量，我们是在为自己而辛苦地工作着。

现在，由于社会的竞争越来越激烈，工作的压力也越来越大，快乐工作文化越来越受到很多企业的认同和倡导。因为一个快乐的工作者通常创造力很强，有影响力，容易相处，是很好的合作伙伴。而一个充满抱怨的人，在工作中除了抱怨应付之外，不可能为公司创造多大的价值。"人要学会感恩，才能真正快乐"，而当我们怀着一颗感恩的心，我们的心态会更平和。当我们保持着平和的心态去生活时，我们将拥有"宠辱不惊，笑看庭前花开花落。物利两忘，漫望天上云卷云舒"的恬淡与从容。带着阳光、带着幽默、带着愉悦的心情对待身边的每一位同事，互相都能看到对方的优点，互相都为对方的成功鼓掌，通力合作，不相互拆台、钩心斗角……在如此的心境下，我们自然会感觉工作是充实的，生活是快乐的。当我们把身心彻底融入公司，养成敬业的习惯时，忠诚会带来信任，个人的职业生涯就会变得更加充实，事业就会变得更有成就感，这样更可感受到工作的乐趣，工作不再只是一种职业，更成为了一种享受。

🚶 工作感悟

快乐有两种：物质的和精神的。物质的快乐有限，最多能持续一天、一月、一年，不会有结果。精神的快乐无涯。爱，存在于人的性灵中，使他能达到人类道德完美的境界。所以，要尽你所能，热忱地用爱的光辉来点亮你的心灯。

怀着积极的心态感恩你的对手

人的一生很短暂，但是就在这短暂的人生中，我们要感恩的人却很多。我们要以一颗感恩的心来面对生活，感谢你的父母，他们赐予你生命；感谢你的导师，他们给予你灵魂；感谢你的遭遇，他们给了你勇气;感谢你的幸福,他们给你了动力;感谢你的亲人,他们让你能感恩;感谢你的对手,他们让你坚强。

人,都有一种与生俱来的惰性——好逸恶劳。而一个人要想取得成功,就必须克服这种惰性。但是如果仅仅靠自己,恐怕很难克服,那么谁能帮助我们克服惰性,激励我们走到成功的彼岸呢? 答案是我们的对手,因为对手无时无刻不在威胁着我们,只要我们一不留神地放松自己,就可能被对手打败、超越。或许每个人都不希望有一个强大的对手,但是每个人却又不得不拥有一个强大的对手。生活中的对手可以是合作者,也可以是激励我们不断努力,使我们产生更强大的动力的人,这就是我们为什么要感恩我们的对手的理由。

曾经有人做过这样一个实验:将 200 只鹿分在一条河的东、西两岸,唯一不同的是东岸有狼群,而西岸只有一望无际的大草原。但结果却出乎所有人的意料:有狼的东岸的鹿比原来更多了,而且非常健壮;而西岸那群无忧无虑的鹿却数量锐减,直至消失殆尽。

从这个实验中,我们可以学习到很多东西。世界充满了竞争,竞争无处不在,无时不有。优胜劣汰,适者生存,这就是要战胜对手的根本原因。只有有了对手,才能使我们拥有更强大的动力,才能激励我们赢得更大的成功。正因为有了对手,才使得我们的生活不至于死气沉沉,不像一杯白开水一样平淡无味,而是时而像烈酒一样浓烈,时而像咖啡一样浓香;正是有了对手,我们才不会像温室里的花朵那样弱不禁风,而是像旷野中的小草一样坚忍顽强。所以,我们要感谢他们,有了他们才有了自己的强大。

人生如棋,有对手才有竞争,有竞争才有压力,将压力转换为动力,我们才能迈向成功,所以我们要感谢因对我们要求严格而心存异议的每一位对手,是他们时刻给我们敲响警钟,鞭策着我们不断前进,并慢慢学会了克制和忍耐,是他们使我们的理想之湖激荡出壮美的浪花，也是他们使我们和缓的心灵奏出激扬的旋律。对竞争对手心存感谢，其实是一种懂得自我认识、自我改正、自我提高的奋斗者心态，是乐观、向上的进取之心，也是能"笑到最后"的必经过程。感谢对手，更会使你的精神在孕育中成长，在成长中释放，在释放中升华。

工作感悟

感恩父母，是源于你的亲情；感恩社会，是源于你的明理；而感恩对手，却是源于你的智慧。感恩你的对手，不但让你在竞争中提升了自己，而且锻炼了自己宽广的胸襟。

第二章
爱岗敬业是每个员工的高贵品质

爱岗与敬业有着紧密的联系。爱岗，就是热爱自己的工作岗位，热爱自己的本职工作；敬业，就是以极端负责的态度对待自己的工作。

爱岗敬业是平凡的奉献精神，因为它是每个人都可以做到的，而且应该具备的；爱岗敬业又是伟大的奉献精神，因为伟大出自平凡，没有平凡的爱岗敬业，就没有伟大的奉献。

一份职业，一个工作岗位，是一个人赖以生存和发展的基础保障。同时，一个工作岗位的存在，往往也是人类社会存在和发展的需要。所以，爱岗敬业不仅是个人生存和发展的需要，也是社会存在和发展的需要。

而且奉献精神是我国劳动人民的一个优良传统，作为一个从业人员，无论在什么工作岗位上，都需要具备必要的敬业奉献精神。如果一个从业人员，没有敬业奉献精神，就不可能被社会所容纳，更不可能会有自己选择职业岗位的机会。所以，立足本职，爱岗敬业，挑战自我，奉献社会，是每一个从业人员都必须要做到的基本要求。

让自己适应公司的环境

有这样一个故事：

在还没有发明鞋子以前，人们都赤着脚走路，不得不忍受着脚被扎、被磨的痛苦。某个国家，有位大臣为了取悦国王，把国王所有的房间都铺上了牛皮，国王踩在牛皮地毯上，感觉双脚舒服极了。

为了让自己无论走到哪里都感到舒服，国王下令，把全国各地的路都铺上牛皮。众大臣听了国王的话都一筹莫展，这实在比登天还难。即使杀尽国内所有的牛，也凑不到足够的牛皮来铺路，而且由此花费的金钱、动用的人力更不知有多少。正在大臣们绞尽脑汁想劝说国王改变主意时，一个聪明的大臣建议说：大王可以试着用牛皮将脚包起来，再拴上一条绳子捆紧，大王的脚就不会忍受痛苦了。国王听了很惊讶，便收回命令，采纳了这个建议。于是，鞋子就这样发明了出来。

把全国的所有道路都铺上牛皮，这办法虽然可以使国王的脚舒服,但毕竟是一个劳民伤财的笨办法。那个大臣是聪明的,他用牛皮包裹脚的办法,比用牛皮把全国的道路都铺上要容易得多。按照第二种办法,只要一小块牛皮,就和将整个世界都用牛皮铺垫起来的效果一样了。

世界不会因为你而改变,环境也不会主动去适应你。因此,你只能去改变自己,去适应环境,进而取得成功。这个过程是痛苦的,因为我们必须学会隐藏自己的棱角,学会改变自己去适应所处的环境。

每个企业都有自己的企业文化、企业制度、企业运营模式以及企业管理风格,这些都需要员工去适应,如果你不能改变自己去适应公司的环境,除了离开之外,恐怕别无选择。达尔文的进化论告诉我们"适者生存"的道理,其核心就在此。

英国作家高尔斯华馁在小说《品质》中描写了,一个老鞋匠他虽然拥有全城最好的制鞋手艺,但却不愿改变自己,致使无法跟上机器化的时代,坚持手工制作每双鞋,最终饿死在自己的鞋铺中。只有改变自己,方能跟上时代的脚步,方能不被时代淘汰。

现实工作中,我们常常感到周围的社会生活环境不尽如人意,诸如公司条件的恶劣,人与人之间的相互倾轧,工作压力太大,收入微薄……面对种种烦恼,不少人整天抱怨生活待自己太刻薄,因而心态发生变化,怨天尤人。其实,静下心来想一想,就会明白,即使是古代的皇帝,也没有能力让周围的一切随心所欲,事事如愿。对周围的环境,我们可以想办法来改变它,但改变环境是很困难的,这时候我们应该通过改变自己来适应环境。路还是原来的路,境遇还是原来的境遇,而我们的选择灵活了,路和境遇所给予我们的感受也就截然不同了。

每个人来到一个新环境都需要一定的时间去适应,同时也需要有耐心。因为在你适应公司环境的同时,也会给公司其他人留下深刻的印象。到最后,只有那些能够尽快适应公司环境的人才能够适应外面竞争激烈的商场。在这个适应的过程中,挫折是不可避免的,但是一次失误并不是你事业的坟墓,我们应该做的是从这次失误中吸取教训,总结经验。

工作感悟

达尔文提出的"物竞天择,适者生存"解释了自然界的物种与环境的关系。如果你想在这个环境中生存发展,就必须努力让自己去适应这个环境,否则就会被淘汰掉。一个人要想在企业中立足,必须让自己适应企业的一切环境,不然,你只能离开。

在工作中注入激情

工作,需要激情。不论什么工作都具有挑战性的一面,它需要人们付出艰苦的劳动,需要人们振作精神、充满自信,发扬大无畏精神。一旦人的激情融入工作中,就能发挥无穷无尽的智慧和力量。

一个人刚入职场时,由于自己缺乏经验和阅历,为了弥补这些不足,就会想办法来提高自身的能力,在工作时处于激情四射的状态。可是,这份激情来自对工作的新鲜感,以及对工作中不可预见的问题的征服感,有些人一旦新鲜感消失,工作驾轻就熟,激情也往往随之湮灭。一切开始平平淡淡,昔日充满创意的想法消失了,每天的工作只是应付完了即可。但是在现实中没有哪个公司老板愿意要一个整天提不起精神的员工,更不愿意重用一个情绪低落、整日满腹牢骚、抱怨不断的员工。

工作要有激情,才能够把工作干好。首先,激情是一种积极向上,有所作为的思想意识。对一个有激情的员工来说,他能够以积极的态度来对待工作,除了认真负责地完成自己的工作之外,还有理想和抱负。这就是为什么有的人一辈子碌碌无为,而有的人却不断进步的原因。其次,激情能促使员工不断提高工作能力和增强努力程度。有激情才能促使其不断学习、不断思考、不断创新,结果是不断提高工作能力,充分发挥自身的作用。

那么,怎样才能把激情注入到工作中,做一个充满激情的、受欢迎的好员工呢?

一、热爱自己的工作

如果你只是把自己的工作当成是一个挣钱的工具,那么你很快就会失去对工作的激情;相反,如果你把自己的工作当作自己一生的事业去做,它就会使你激情迸射,最终成就非凡。

二、工作不分大事小事

如果我们每天只希望处理大事情,对小事情却不屑一顾,马马虎虎,"细节决定成败",时间长了,老板自然不会把大事委任给你做,因为大事都是由很多小事所组成,也许一个很小的细节也会导致整个大事的失败。

三、为自己订立新目标

如果一个人没有奋斗目标,在生活中很容易失去方向;如果一个人订立的目标太高而不适合自己现阶段的发展,也是无法长期坚持的。所以,在工作中,我们要经常根据自己的实际情况订立目标,当这个目标实现之后,再订立下一个更高的目标,这样不但让自己可以保持对工作的激情,还可以顺利地达到事业的巅峰。

激情是工作的灵魂,甚至就是生活本身。我们的工作或许很平凡,但要充分认识到它的价值和重要性,认识到它对这个世界来说是不可或缺的。全身心地投入到工作中去,把它当作你特殊的使命,就会焕发出激情。

![工作感悟] **工作感悟**

　　工作是我们实现梦想的途径,而梦想又让我们工作起来充满激情,激情是我们工作的动力。所以,我们一定要为工作注入梦想,使自己的工作更有成效。

激情是工作的动力

　　激情来自自身潜质,是一种心理内在固有的基因,是我们自身品质、精神状态以及对事物认知程度的一种外化表现。从这个意义上来讲,我们每个人都富有激情,激情是我们自身潜在的无穷无尽的财富。激情是个人和团队成功的基石,激情是工作的灵魂,激情是企业的活力之源!

　　激情是一种人生情感和品格,是一种精神境界和力量之源。

　　如果一个人对自己的工作没有激情,那么,当遭遇困难时就会变得束手无策,表现得毫无斗志,很容易退却甚至放弃。因此,没有激情成为工作中最大的敌人。如果一个人充满激情,那他就有直面人生的勇气。在困难面前,他们也会表现得越挫越勇,热忱随着困难的加剧而不断地上升,始终激励自我前进。因为在他们心里想到的永远是希望,是理想,是成功。诸如,古代司马迁遭宫刑,怒作《史记》;屈原遭放逐,乃赋《离骚》;孙子膑骨,修成《兵法》。近代孙中山毕生奋斗,推翻帝制,实现共和制;毛泽东激扬文字,指点江山,建立新中国;邓小平力挽狂澜,改革开放,富民强国。可以说,任何一个时代、任何一个民族、任何一个人,要想为人类做出贡献,要想成就事业,都离不开激情。

工作需要激情才能做得快乐,才能做得长久。也只有热爱自己的工作,对工作有激情的员工才能为公司创造出意想不到的价值。因为激情是不断鞭策和激励我们向前奋进的动力。激情是工作的灵魂,甚至就是工作本身。当你满怀激情地工作时,工作中最巨大的奖励不仅来自财富的积累和地位的提升,还来自由激情带来的精神上的满足。

韩小军是一家广告公司人力资源部的总监,他所在的公司业绩非常好,公司的员工对待自己的工作也充满了热情。这与他不断强调激情是工作的灵魂分不开。在他看来,激情进取是一种不满足于今天的精神,员工之间的信任沟通、业绩承诺都需要所有员工以激情来认同并最终贯彻。只有员工能够在工作中始终激情饱满,企业才能有出色的业绩。

在公司的发展历程中,韩小军为做到这一点付出了艰苦卓绝的努力。韩小军加盟公司之前,公司里的员工们都厌倦了自己的工作,他们中的许多人都已经做好辞职的准备了。但是,韩小军的到来改变了这一切,他对员工说:"投入、专注与激情是成就一切事情的基础。即使是微不足道的事情,只要我们投入专注与激情,我们平凡的轨迹也会因此而改变,这是做好任何事情的基石。"

员工们从韩小军身上也看到了他那充满激情的工作状态,感染并燃起了他们胸中的热情之火。在公司的人力资源部墙上有这样一段话:"把劳动作为享受自己幸福生活的手段的员工,能够永久的保持工作的热情。事情的成功与否,往往是由做这件事情的决心和热忱的强弱决定的。遇到问题,如果拥有非成功不可的决心和热忱,困难就会迎刃而解。"

每天,韩小军第一个到达公司,微笑着与每一位同事打招呼,工作时,精神焕发。在工作的过程中,他调动自己身上的潜力,开发新的工作思路。在他的影响下,公司的其他员工都早来晚走,斗志昂扬,就是有时候饥肠辘辘,也舍不得离开自己的工作岗位。因为韩小军经常保持这种激情四射的工作状态。在他看来,激情不是心血来潮、兴致所致,而是一种觉悟、追求和境界。所以他在工作中,能够胸怀大志,开拓进取,顽强拼搏,从而使自己始终保持着高昂的工作热情和干劲。

在他的带领下,以前那些精神萎靡、不思进取、庸庸碌碌、办事拖拉、效率低下的员工也开始改变态度,焕发了热情,员工个个充满活力,最后使公司的业绩不断上升。

激情不一定就是轰轰烈烈,在平凡的工作中,在平凡的岗位上,尽职尽责的人每天都在给我们诠释激情的真正涵义。

我们欣赏勇于行动、敏于行动的人,我们更需要那种充满激情的行动。正如歌德所说:"责任是一种耐心细致的行动,是一种把你应该做好的日常工作做到最好的充满激情的行动。"激情就是敬业精神,富有激情的人是敬业的典范。这种精神不仅是一种情感,更是一种道德追求和人生信念。

工作感悟

充满激情的态度是做好任何事的必要条件,激情可以使人把身上的每一个懒惰的细胞激活起来,保持高度的自觉,去完成自己的工作。有激情的人生才是有意义的人生。每个人都应在工作中注入巨大的激情,因为只有这样才能在工作中体现最大价值,在生命中获得最大成功。

敬业成就事业的巅峰

敬业，就是敬重自己从事的事业，专心致力于事业，千方百计将事情办好。

在市场经济条件下，"赚钱"二字似乎已经遍布人们的每一根神经，而"敬业"二字却离我们的记忆和生活越来越远。为了赚钱，人们绞尽脑汁、想尽一切办法。然而，敬业则给人以寄托和支撑，使人致力于业务专精，并引以为荣。

俗话说：干一行，爱一行。敬业的前提是对一个职业的喜好、挚爱，甚至痴迷，并且在极端的情况下，不给报酬，倒贴钱财，也非常乐意去干。当一个人迷上一件事的时候，就会全身心投入，对某种活动或专业的喜好和痴迷也会逐渐形成习惯性的常规，表现在行动中，融化在意识里。敬业便成了一种自然状态，无须刻意显露。例如，马勒弥留之际，其最后遗言是"再也听不到莫扎特了"。而以诠释马勒著称的指挥家霍润斯坦临终的遗憾是，"再也没机会听马勒的《大地之歌》了"。二者对音乐挚爱之深，可见一斑。

工作是一个人生存的基本保障，也是每个人生存的权利，无论你处在什么样的职位，无论从事何种职业，都应该对自己的工作兢兢业业，尽自己最大的努力追求事业上的进步。如果一个人只是为了赚钱而不惜任何代价，那么他是永远也达不到事业的高峰。

敬业精神不论是在古代还是在当代，不论是在国内还是在国外都十分重要，因为社会的生存和进步都离不开它。社会是靠科学技术和生产力的发展推动的，而科学发展的历程告诉我们，每一项科学发明，每一次技术进步，都需要人们付出巨大的代价，都闪耀着敬业精神的光辉。在人类历史上记载着很多科学家兢兢业业、至死方休的攻坚精神，如：牛顿 75 岁时还在解决数学难题，李时珍经过二十多年辛劳才完成《本草纲目》。他们无疑都是敬业的典范。不论是一个时代还是一个民族，敬业的人越多，敬业精神越强，这个时代进步就越快，这个民族发展就越迅速。

在海尔集团，敬业精神是最重要的企业文化。张瑞敏强调："把每一件简单的事情做好不简单，把每一件平凡的事情做好就是不平凡。"

在美国标准石油公司，有一位名叫阿基勃特的小职员。每次远行住旅馆时，总会在自己签名的下方写上"每桶四美元的标准石油"，而且在书信及收据上也不例外，每次签了名后，总不忘写上那几个字。公司董事长洛克菲勒知道此事后，大为感叹："没想到竟有如此敬业的员工，我要见见他。"洛克菲勒卸任后，阿基勃特便成为了该公司的第二任董事长。

在经济社会中，员工要想在事业中获得成功或得到他人的尊重，就必须对自己所从事的职业保持敬仰之心，视职业为天职。因为只有具备了敬业的精神，才能够创造出更大的价值。

杰克·韦尔奇说："敬业既是一种能力，更是一种精神，每一家想靠竞争取胜的公司必须设法使每个员工敬业。"

工作感悟

纵观古今中外，凡是成功者，哪一位不是对自己所从事的职业兢兢业业，在自己的工作岗位上奉献着自己的才华与智慧。敬业是一种精神，敬业更是一种责任和使命，只有敬业才能达到事业的巅峰。

让敬业成为一种习惯

所谓敬业,顾名思义就是敬重并重视自己的职业,把工作当成自己的事业,并对此付出全身心的努力,抱着认真负责、一丝不苟的工作态度,即使付出更多的代价也心甘情愿,并且能够克服各种困难,做到善始善终。

敬业是一种美德,一种习惯,一种人生态度,是最基本的做人之道,也是成就事业的首要条件。如果一个人没有敬业精神,就不要妄想成功,更谈不上为公司负责,对工作负责。从古到今,职业道德一直是人类的行为准则。在今天,一个人是否具备敬业精神是衡量员工能否胜任工作的首要标准,因为它不仅关系到员工的切身利益,更关系到企业的生存与发展。

虽然是这样,但是在工作中总有一些人在偷懒,不负责任,应付了事。凡是这样的员工,其实在他们的意识里根本就没有"敬业"这个概念,更不会把敬业看成是一种神圣的使命,最终的结果只能让自己一事无成。一个敬业的员工,虽然他暂时还没有被老板重视,但却能得到别人的尊重,而且让自己终生受益。

有一位老师记载着这样一个故事:1965年,他在华盛顿的一所学校图书馆当管理员。有一天,一位负责教九岁儿童班的老师来找他,说她班上有个学生功课完成得比其他所有孩子都快,他想再找个活干,能否在图书馆里干点什么。这位老师说:"让他来吧。"一会儿,一个身材瘦小、沙色头发的男孩走进来了。男孩问道:"你们有活儿让我干吗?"

　　他给男孩讲解有关杜威十进位制的图书分类上架法，男孩听后立刻心领神会。后来他又给男孩看一大摞过期借阅书卡，书卡上的书他起先认为已经还了，但是实际上由于书卡有误，这些书找不着了。男孩问他："这是件侦探式的工作吗？"他回答说："是。"话音刚落，男孩就像一名侦探干起来了。老师进来告诉男孩到了该休息的时候，他已经找出三本书卡有误的书。他不肯休息，坚持要把活先干完。老师说馆内空气不好，应该呼吸一下新鲜空气，他这才停下手头的工作。次日早晨，他来得很早。他说要干完找书的工作。下班时，男孩又说要当一名正式的图书馆管理员，这位老师很痛快地答应了，因为他干起活来孜孜不倦。

　　几周以后，老师发现办公桌上有张留言条，邀请他到这个男孩家里吃晚饭。他应邀去了并且过得很愉快。临走时，男孩母亲说，他们全家要搬到毗邻的社区去住，孩子也得转学。但是孩子首先挂念的就是他不能再在原学校的图书馆里工作了，谁来找那些丢失的图书呢？

　　孩子要走了，他与孩子依依惜别。起先这位老师认为他就是一个普普通通的孩子，可是他的那份工作热情使老师觉得他非同寻常。

　　他很想念这个孩子，可是这种思念之情持续的时间并不长，因为几天之后，没想到孩子又回来了。男孩还告诉他，新去的那所学校的图书馆管理员不让学生在图书馆帮忙干活儿。孩子高兴地说："妈妈又让我回原校念书了，爸爸上班路上叫我搭便车，要是他有事，我就走着来上学。"

　　这位老师当时脑子里闪过一个念头：这孩子的决心和毅力如此之大，将来一定能干番事业。然而他尚没料到，这个孩子长大以后，竟成为一名信息时代的奇才、一位微型计算机软件的巨头、一个世界的首富。他的名字就是：比尔·盖茨。

　　这个事例告诉我们：敬业是一种责任精神的体现。一个对自己的工作有敬业精神的人，才会真正为公司的发展做出贡献，自己才能从工作中获得乐趣。这样的人才真正具有责任感，同时敬业是对自己责任的一种升华。

一个对工作不负责任的人，往往是一个缺乏自信的人，所以很难从工作中体验到快乐的真谛。但是，当我们将敬业当作一种习惯时，就会在全身心地投入工作的过程中体验到工作带给自己的快乐。在今天，能够把敬业培养成一种习惯的人实在是太少了，他们认为敬业是为了老板，为了企业，而自己却捞不到任何好处。其实，我们努力地工作，在工作岗位上兢兢业业，最大的受益者还是自己，因为敬业的人能够从工作中获得比别人更丰富的经验，而这些经验就是我们向上发展，走向成功的基石。

有些人对工作天生具有一种敬业的精神，不论从事什么工作都尽职尽责，但大多数人则需要在工作中培养和锻炼才能具有这种品德。如果你认为你的敬业精神还不够，那就从现在开始培养自己的敬业精神，以认真负责的态度做事，让它成为你的一种习惯，在今后的工作中，你会发现它将是你职业生涯中宝贵的财富。

工作感悟

不论你从事的工作多么地卑微，多么地烦琐，都用心去做吧，日久天长，这种敬业精神就会变成自己一生享用不完的财富，引领自己走向成功的彼岸。

敬业最大的受益者是自己

在任何企业里，那些对企业热爱、对工作尽职、对同事友爱的员工几乎都能得到好报，上级的信任、工资的提高、职位的晋升都是迟早的事情，个人也会逐渐实现人生的价值和自我的成功。

但是，在现实世界里，到处都能看到有才华的穷人，他们受过良好的教育，才华横溢，在公司里却长期得不到提升。究其原因，主要是他们不愿意自我反省，养成了一种嘲弄、吹毛求疵、抱怨和批评的恶习。他们根本无法独立自主地做任何事情，只有在一种被迫和监督的情况下才能工作。因此，他们的工作成了应付，人际关系恶化，消极悲观、虚度青春，个人也失去了本该走向成功的机遇而沦为平庸。

其实，在工作中养成敬业的习惯，最大的受益者还是自己。因为只有对事业和工作有一种高度的责任感和敬业精神，才能被公司信任，才能被老板委以重任，才能在自己的发展道路上一帆风顺。纵观古今中外，凡是在事业上取得成功和做出贡献的人，哪一个不是忠诚敬业的人？所以说，忠诚和敬业最大的受益者是自己。一个人能力的大小，知识只占了 20％，技能占了 40％，态度也占到 40％，而一个人最重要的态度之一就是诚信，你一定要有 120％的口碑，凭这个口碑就可以走遍天下，成为个人的护身符、无价之宝，永不会失业。

东京一家商贸公司有一位小姐专门负责为客商购买车票。因为她常给德国一家大公司的商务经理购买来往于东京、大阪之间的火车票,所以考虑到客商的需要,她买票的时候经常会为那位客商买靠窗户的位置。不久,这位经理发现他每次去大阪时,座位总在右窗边,返回东京时又总在左窗边。这位经理询问这位小姐其中的缘故。小姐笑答道:"车去大阪时,富士山在您右边,返回东京时,富士山已到了您的左边。我想外国人喜欢富士山的壮丽景色,所以我替您买了不同的车票。"就是这种不起眼的小事,使这位德国经理十分感动,于是,他把对这家日本公司的贸易额由500万马克提高到1200万马克。他认为,连这种微不足道的小事,这家公司的职员都能够想得这么周到,那么,跟他们做生意当然也就没有什么好担心的了。

与此相反的是,一次,国内的一位旅客乘坐某航空公司的航班由山东飞往上海,连要两杯水后请求再来一杯,还歉意地说实在口渴,空姐的回答让他大失所望:"我们飞的是短途,储备的水不足,剩下的还要留着飞北京用呢!"在遭遇了这一"礼遇"之后,那位旅客决定今后不再乘坐这家公司的飞机了。

人生中最重要的事,就是及早认识到自己是自己命运的播种者。我们今天所做的一切,都会在将来深深地影响到自己的命运。种瓜得瓜,种豆得豆。有几分耕耘,就有几分收获。

敬业者往往信念坚定,不随意摇摆,愿意为自己所钟情和信奉的事业献身,并做到无怨无悔。正因为这样,职业就成了一种事业、一种信仰、一种使命,一个人生命的意义和存在的价值。

不管现在身居企业的管理高层还是在企业中干着卑微工作的员工,日久天长都可以通过敬业找到实现自己价值的平台。因为敬业者能够从工作中发现自己的不足,继而不断地学习,不断地提高自己。而就在这不断学习的过程中,常常包含着成功的机会。毕竟现代的社会竞争太激烈,淘汰的速度太快了,所以现代人的工作已经成为一个继续学习的过程,是提高自己工作的价值而进行的投资。当一个人把敬业变成一种习惯时,就能在多干活、干好活的过程中学到更多的知识,积累更多的经验,体验到干好活的乐趣,从思想与业务同进的过程中享受快乐。

工作感悟

总会有这样一些人,认为自己每天辛勤的工作是为了老板,自己创造再好的业绩也与自己无关,自己捞不到一点好处。其实,有这样想法的人,根本没有认识到工作对自己的意义,也没有认识到自己在工作中的价值,只是把工作当成是迫不得已的挣钱工具,所以,他们永远也不会在自己的工作岗位上干出一番惊天动地的大事业。

敬业让你更受欢迎

敬业具体的表现为忠于职守、尽职尽责、一丝不苟、全心全意、善始善终等职业道德,其中糅合了一种使命感和责任感。这种道德感在当今社会得以发扬光大,使敬业精神成为一种最基本的做人之道和成就事业的必备条件。

一个人无论从事何种职业,都应该竭尽全力,积极进取,尽自己最大的努力,不断地追求进步,这就是敬业。只要对自己的工作敬业,就不会分职业的高低与贵贱,岗位的轻重与大小,就会自觉地、热情地、全身心地投入进去,即使在最平凡的岗位,也会做出闪光的业绩。

不论在什么时代,身处最平凡的岗位然而敬岗爱业的人,都是最受人尊敬的,例如公交售票员李素丽、掏粪工人时传祥等。我们一起来看看时传祥的故事。

"宁肯一人臭,换来万户香",用这句话来表达人们对掏粪工人时传祥的赞美是最恰当不过了。

时传祥出生在一个贫苦农民家庭。他 14 岁逃荒流落到北京城郊,受生活所迫当了掏粪工。在旧中国,掏粪工不仅受到社会的歧视,还要受行业内部一些恶势力的压榨和盘剥。时传祥在这些粪霸手下一干就是 20 年,受尽了压迫与欺凌。1949 年后,新中国给了他做人的尊严,工人阶级当家做主使他扬眉吐气,他对党充满感激。他用一颗朴实的心记住了一个通俗的道理:掏粪也是社会主义建设事业的一部分。他把掏粪当成十分光荣的劳动,他以苦为乐,不分分内分外,任劳任怨,满腔热情,全心全意为人民服务。

1952 年,他加入了北京市崇文区清洁队,继续从事城市清洁工作。此时,北京市人民政府为了体现对清洁工人劳动的尊重,不仅规定他们的工资高于别的行业,而且想办法减轻掏粪工人的劳动强度,把过去送粪的轱辘车全部换成汽车。运输工具改善之后,时传祥合理计算工时,挖掘潜力,把过去 7 个人一班的大班,改为 5 个人一班的小班。他带领全班由过去每人每班背 50 桶增加到 80 桶,他自己则每班背 90 桶,最多每班掏粪背粪达 5 吨。管区内居民享受到了清洁优美的环境,而他背粪的右肩却被磨出了一层厚厚的老茧,因而赢得了人们的普遍尊敬,也赢得了很多荣誉。1954 年,他被评为先进生产者,1956 年当选为崇文区人民代表,同年 6 月加入中国共产党。

1959 年,时传祥作为全国先进生产者参加了在北京召开的全国"群英会",国家主席刘少奇握着他的手,亲切地说:"你掏大粪是人民勤务员,我当主席也是人民勤务员,这只是革命分工不同。"时传祥高兴地表示:"我要永远听党的话,当一辈子掏粪工。"自此以后,他更加努力,更加热爱本职工作。

时传祥 1975 年病逝,终年 60 岁。去世之前他还反复叮嘱,让儿子继承父志,也当一名称职的环卫工人。

敬业是一种精神,敬业是一种使命,敬业的员工会真正为社会、为企业的发展作出贡献,他们自己也能够从平凡的工作中得到乐趣。

沃森曾经对他的员工说:"如果你是忠诚敬业的,你就会成功。只有热爱工作,才能提高工作效率,忠诚敬业和努力是融合在一起的,敬业是生命的润滑剂,对工作敬业的人没有苦恼,也不会因困惑而动摇,他坚守着航船,如果船要沉没,他会像英雄那样,在乐队的演奏声中,随着桅杆顶上的旗帜一起沉没。"企业中的每一位员工都应该把自己当作是一个舵手,时时把"企业兴亡,我的责任"牢记在心,在任何时刻都不敢松懈自己对工作、对企业的责任心,与企业共命运。掌握企业命运的是他们自己,所有的成功靠的就是每个员工对企业的忠诚与敬业。

敬业就意味着完成自己的使命,意味着自我牺牲和忘我奋斗,意味着尽职尽责。现在无论是大企业,还是小公司都要求自己的员工敬业,也只有敬业的员工才受欢迎。

可是,总有人在工作中为自己不敬业辩解,说他不敬业,是因为这份工作不适合他或者说是因为薪水太低,没有激情等。也许这些的确是理由,每一个人都有选择自己喜欢的职业和获得薪水的权利。但生活的路不是平坦的,人生并不是"心想事成"那样简单。当一个人在求职、就业上暂时没有如愿,或者他还不具备那种职业所需要的条件,或者他实际上缺乏从事那种职业的才能时,他应该加倍努力,创造条件,提高素质,寻找机会实现他的理想。而在一旁怨天尤人的人,不仅不能在工作中提高自己的职业能力和职业素养,而且一辈子都可能找不到理想的工作,更不会有他梦想的辉煌的事业成就。

工作感悟

当你抱怨自己得不到老板的赏识，得不到老板重用的时候，首先要从自己的身上找原因，如果你真是一名可以委以重任的优秀员工，老板是不会埋没你的才能的，因为老板是一个企业中眼睛最亮的人。所以，努力让自己变成一个老板喜欢的员工，何愁没有自己发挥的空间。

只有敬业的人才能获得成功

在市场经济的大潮中，敬业、奋斗、创业已经成为很多人的梦想和社会的主旋律。但是最终走向成功的人，毕竟只是占大潮中的少部分。那么什么样的人会成为这小部分呢？答案有很多种，其中敬业就是其中重要的一条。

敬业是做好工作、创造价值的重要前提。如果一个人对自己从事的职业既不热爱又无兴趣，甚至漠不关心，很难想象他能为企业做出积极而有价值的贡献。再具体地说，敬业表现为干一行、爱一行、钻一行，而那些这山望着那山高，常常跳槽的人，就很难做到敬业乐业，也不易在事业上获得成功。

在公司的发展过程中，要用员工的大智慧来完成的工作毕竟是很少的，那些需要每一个人认认真真、脚踏实地去做的小事情却很多，正是这些小事的日积月累才干成了大事。也许在工作中有一部分人是靠智慧和运气带来成功，但毕竟是少数，大部分人靠的是对企业的忠诚和敬业的精神，逐渐实现人生的成功和体现自我价值。

阿尔伯特·哈伯德说:"一个人即使没有一流的能力,但只要你拥有敬业的精神,同样会获得人们的尊重;即使你的能力无人能比,却没有基本的职业道德,一定会遭到社会的遗弃。"一个人目前无论从事什么职业,都应该培养自己的敬业精神。敬业,实际上是为将来的成功铺路,因为敬业的员工才能在工作中比别人学习到更多的经验,而这些宝贵的经验正是他们走向成功的台阶。敬业精神会使你出类拔萃。

有一个人,生下来就双目失明,为了生存,他子承父业,开始种花。他从未见过花是什么样子,只听别人说花是娇艳而芬芳的,他闲暇时就用手指尖触摸花朵、感受花朵,或者用鼻子去闻花香。他用心灵去感受花朵,用心灵绘出花的美丽。他比任何人都热爱花,每天都定时给花浇水、拔草、除虫。下雨时,他宁可自己淋着,也要给花挡雨;盛夏时,他宁可自己晒着,也要给花遮阳光;刮风时,他宁可自己顶着狂风,也要用身体为花遮挡……

不就是花吗,值得这么呵护吗?不就是种花吗,值得那么投入吗?很多人对此都不理解,甚至认为他是个疯子。"我是一个种花的人,我得全身心投入种花中去,这是种花人应尽的职责!"他对不解的人说。正因为如此,他的花比其他花农的花种得都好,备受人们欢迎。

故事中的主人公全心全意、尽职尽责地对待自己的工作,才种出了比别人都好的花。一个人无论从事何种职业,都应该全心全意,尽职尽责,这不仅是工作的原则,也是人生的原则。

成功取决于态度,但成功也是一个长期努力积累的过程,没有谁会轻轻松松,没有付出就成功的。敬业是一种精神,这种精神会使自己的职业具有神圣感和使命感,也会使自己的生命信仰与自己的工作联系在一起。一个人,如果没有基本的敬业精神,就无法成为一个优秀的人，更难以担当大任。敬业是一种境界，一个人如果没有献身事业的精神，他就没有目标，没有精神支柱，就会在困惑和迷离中迷失方向。一个人活在世上，并不见得非得要干出一番轰轰烈烈的事业，只要善待生命、善待别人、善待身边所有的一切，平凡亦伟大。

人们常说"爱企如家"，爱自己的企业就应该与企业同呼吸共命运，把自己的热情奉献给自己所从事的每一项工作。**要做到敬业，既要有敬业精神，还要有敬业本领，二者缺一不可。**只有敬业精神，没有敬业本领，也无法在自己的本职岗位上发挥才干。敬业爱岗不单单是热爱自己本职工作的需要，更重要的是企业发展的需要，作为一名员工，为了适应不断发展的社会需要，就要博采众长，多学习、多吸收、多汲取，不断充实自己、提高自己、武装自己，以切实达到"练武练得精"，才能做一个"合格兵"，才能在敬业的路途上更好地展现自己。

一个人，一旦领悟了敬业精神的秘诀，就等于掌握了打开成功之门的钥匙，就能在敬业的基础上精于业，获得不小的成就。

工作感悟

常言道"干一行，爱一行；干一行，精一行"，一个人只有热爱自己的工作，在工作中注入自己的热情，才能做好工作，创造价值，才能获得成功，使自己的人生有意义。

第三章
赢在执行

　　企业的正常运作,执行力是关键。执行力太弱,会成为企业发展的严重阻碍。因此,执行力成为一个企业在市场竞争中制胜的法宝。当今,执行力已成为企业的一个热门话题,成为每个企业、每个老板最关注的问题。提高员工的执行力也成为企业发展的一部分。

　　企业员工的执行力是指在保证质量和保证时间效率的基础上完成任务。员工执行力强弱的关键在于两个方面:一是员工的工作能力;二是员工的工作态度。只有强化员工的执行力才能提高企业的效益。

具有较强的执行力

日本软银公司董事长孙正义曾说过："三流的点子加一流的执行力，永远比一流的点子加三流的执行力更好。"执行力这个词原创自美国。通俗地说，执行就是做成一件事，执行力就是做成事的能力。检验执行力的标准即：是否能按时、按质、按量完成任务。执行力是一个概括性很强的概念，其中包含个人执行力和企业执行力两个层次。执行力要求由上而下贯穿每一个环节，要求公司的每一个员工在执行的各个阶段都一丝不苟，在每个环节都谨慎细微，只有个人执行力的增强，才能提升企业执行力，提高企业的生命力及竞争力。

执行力是企业员工的一种基本能力。评价一个人的执行力，主要从三个方面观察：反应及时行动快；理解到位效率高；追求卓越好胜心强。只要这个员工在执行工作的时候表现出以上三个方面所要求的，那么他就是一个执行力很强的人。

有这样一个小故事：

很久以前,海边生活着一个老渔夫,他每天都要出去捕鱼。这个老渔夫捕鱼时有一个习惯,那就是在捕鱼前一定要喝两口白酒,然后再趁着酒劲下海捕鱼,这样他捕鱼时才会精神抖擞。老渔夫一直这样生活着,每天都觉得舒心快乐。

有一天老渔夫像往常一样又来到了海边,他正要喝酒的时候,突然听到了一种凄厉的叫声。他顺着声音找过去,发现就在他用来捕鱼的船边有一条蛇,蛇的嘴里叼着一只青蛙,凄厉的叫声是垂死挣扎的青蛙发出的。见到这种情景,老渔夫顿生恻隐之心,他心里暗暗想着,"怎么办,我得救它。可是,如果我把蛇打死,蛇也是生命呀!"情急之下,老渔夫突然想到了一个招数,他往酒杯里倒了两滴酒,接着马上跑到蛇面前,冲着蛇嘴将酒滴了下去。蛇一闻见酒香,就把嘴张开了,青蛙顺势跑掉了。

看到这个结果,老渔夫非常高兴,觉得自己真是做了一件一举两得的好事。正在老渔夫自我得意的时候,他又听见了凄厉的叫声,而且这次的声音比刚才的声音还要高亢。他走过去一看,发现刚刚游走的蛇又回来了,它的嘴里叼着两只青蛙,瞪着两只眼睛看着老渔夫。

老渔夫一看蛇的表情,马上明白了怎么回事。"原来是蛇领会错了我的意思,我本来是想救青蛙,才给你点酒喝。结果你以为叼一只青蛙我会给你两滴酒喝,叼两只青蛙就可以得到更多的酒。"

这个故事告诉我们,在工作的时候,不但要有敏锐的思维和较强的执行力,同时还需要正确领会上级的意图并有正确的执行方法,只有这样才能达到最好的效果。

如果没有较强的执行力,即使再伟大的战略目标也终究是纸上谈兵。因此,作为一名员工,我们有义务提高自己的执行力,同时也是在提高自己的核心竞争力。

工作感悟

执行力就是竞争力。这就要求员工在工作中没有任何借口的去执行并完成自己的任务。只有较强的执行力,工作才能在保时保质的情况下完美的完成,而一个不找任何借口的员工,肯定是一个执行力很强的员工。

努力寻找提高工作效率的方法

当今,社会竞争如此激烈,如此残酷,企业要想在商海中站稳脚跟,就必须向前快速地发展,而企业的发展又离不开员工的发展,所以提高企业中各位员工的工作效率就十分重要。所谓工作效率,就是在单位时间内完成的工作量。而在这里我们指的是用最短的时间达成最多的目标。

俗话说:"马壮车好不如方向对",这句话的典故出自春秋战国时期。有位车夫装备了很多物品,想要前往南方的楚国。于是,他便向过路人问路,过路人回答说:"此路不是去楚国的路。"车夫说:"我的马很壮,没关系。"过路人再一次强调这不是去楚国的方向,车夫依然固执地说:"我的车很坚固。"过路人只好叹息地说:"这不是往楚国的方向啊! 行走的方向错误,即使你的马再强壮,车子再牢固,也到达不了楚国的。"

同样,员工要想提高自己的工作效率,仅有知识和能力是不够的,还需要找对适合自己提高工作效率的方法。只要开动脑筋找到方法,就可以巧妙地解决很多难题。

刘强一直都梦想着自己能够有一辆新自行车，但是由于家里的经济条件不好，他一直不敢向父亲提出这个要求。但是，他实在是太想拥有它了，有一天，刘强就和父亲说了这个要求，没想到父亲满脸微笑着就答应了。不过不能马上买，刘强必须完成一项任务，那就是先把院子里的一大堆柴给劈好了。

刘强感到很意外，意外的并不是父亲让他去劈柴，而是没想到父亲这么轻易就答应了自己的要求。虽然那是很大的一堆柴火，但他还是信心十足。父亲给刘强一把锋利无比的斧子，然后就让他开始工作了。第一天，刘强劈得十分卖力，满头大汗地完成了大概工作量的十分之一。对此，他很满意，心想只要自己再加把劲，不用一个星期，就能骑上新自行车了。

第二天，刘强早早地起床，就开始到院子里继续用斧子劈柴。他依旧像昨天一样很卖力地劈了一天，而且工作到很晚才休息。可是刘强发现，自己今天劈的柴火还没有昨天多。

第三天，刘强更加卖力，起得更早睡得更晚了，结果发现劈的柴和昨天又差不多。经过三天，他已经累得筋疲力尽了。渐渐地他感到有点失望，为什么自己那么卖力地劈柴，可柴越劈越少了呢？好像是自己的力气也越来越小了。

刘强迷惑不解地找到父亲，父亲反问他是不是从来没有磨过那把斧子？这时他才恍然大悟，原来是自己一直卖力地劈柴，根本没有时间去磨斧子，致使效率越来越低。刘强听取了父亲的建议，在每次开始工作以前都要把斧头磨一磨。在一个星期之后他终于骑上了梦寐以求的新自行车。

从刘强的这个例子我们可以得知，在工作中并不是干得越卖力，收获的成绩就越大，而是一定要找到提高效率的方法，这样才能做到事半功倍的效果。

那么如何提高工作效率呢？下面几点，希望对大家有所帮助。

一、把工作进行分类

每天我们有大量的工作要做，如果把这些事情都混在一起做的话，效率显然是不可能提高的，而且还可能出现效率低下的情况。所以，把每天的工作进行分类是很重要的。罗贝塔·罗史说："不要浪费时间做'垃圾'工作，去做那些会增加你生产力的工作。"在工作中养成循序渐进、主次分明、集中力量的习惯，从最重要的事情入手。对那些重要的事情要优先去做，而对于那些不重要的事情，可以缓办。

二、每天定时完成日常工作

每一位员工每天都有自己必须完成的一些日常工作，而且这些常规的工作都比较杂乱烦琐，如果你不认真地去对待它们，很可能就会出现失误，造成严重的后果。

为了避免这种情况的发生，同时又能提高工作效率，最好的办法就是定时完成日常工作。在每天预定好的时间集中处理这些事情，可以是一次也可以是两次，并且一般都安排在上午或下午工作开始的时候，在其他时候根本不要去想它。除非另有重要的事情要办，否则这种习惯不要被打乱。

三、不断学习新知识和新技能

在这个知识和人才爆炸的时代，如果不去学习使自己走在行业的前列，那么很快就会被这个行业甚至整个社会所淘汰。今天虽然苦干的精神还被提倡，但是聪明的工作方法更受人们的青睐，只有在不断的学习中才能不断地提高工作的效率和增强自己的创新意识。

四、为工作制订计划

每天面对大量的工作，谁都不免产生丢三落四、忙而无序的状况。如果会工作，养成定时做工作计划的习惯，工作效率就会大大不一样。制订计划的根本目的不是给你施加任何压力，而是给你一个有序的、有准备的工作安排。因此,不要为没完成预定的任务而懊恼,而是记住这些任务,并且尽快安排去进行!同时,工作计划还会给你带来自信和成就感。

当然,提高工作效率的方法有很多,在企业中不论是员工还是领导,都要学会一些有效的方法来提高工作的效率。假设你提高20%的工作效率,每周工作 5 天,无须加班,就能获得 6 天的绩效。实际上,你提高的效率可能远远超过 20%。

工作感悟

有人每天忙忙碌碌,却总是忙而无功;有人感觉自己为工作付出了许多,但是得到的只是老板的指责;有人感觉自己没有一点空闲时间,却总是完不成自己的工作任务。每天感觉自己身心疲惫,但是一无所获,如果是这样,那就好好反思一下自己的工作方法吧,也许是因为你没有掌握高效率工作的正确方法而无意中浪费了你的生命。

工作中不要有对立的情绪

喜怒哀乐是人之常情,在生活中出现一些烦心事是在所难免的,关键在于自己怎样去调节自己的情绪。因为,情绪会使自己的生活和工作受到很大的影响,甚至可能出现无可挽回的错误,所以千万不要把情绪带到工作中,而是想方设法使自己每天生活在快乐中。

有些人,每天从一起床就开始不断地抱怨,以致一整天的生活和工作都被抱怨包围着,比如:早上坐公交去上班,会抱怨拥挤、堵车；如果今天是个大热天，就会抱怨，这个鬼天气真是热，如果是下雨天，就会说，鬼天气又下雨；工作被老板批评了，就会抱怨，真倒霉挨骂了。如果带着这样的心情去工作，犯错误的概率比开心地工作不知要高多少倍。

在公司里老板和员工的关系是领导和被领导的关系，更简单地说，就是发布命令和执行命令的关系。如果一个公司里，老板和员工处在对立的情绪中，那么这个企业的生存就岌岌可危了，更不要说发展了。所以作为企业中的一员，要时刻把企业的荣辱与自己的切身利益联系在一起，千万不要在工作中存在对立的情绪。

员工是否和老板对立，根本上取决于心态是否对立，也取决于老板的做法是否对立。聪明的老板会给员工公平的待遇，同样员工也会以业绩来回报企业。

许多公司在提升员工的时候，不仅仅看重的是能力，个人的品行也是重要的评估标准。一个只有能力而没有品行的人，老板也会忍痛割爱，这样的人是不值得重用，也不值得培养。因此，如果你是一名员工，老板付给你薪水，那么你就应该真诚地、尽职尽责地为企业工作，对他的决定要支持、感激，和他站在一条线上为企业的发展贡献自己的才智。

也许你的老板是一个心胸狭隘的人，对你的真诚不理解，对你的忠心不珍惜，那么你也不要因此就产生抵触的情绪，将自己和公司以及老板对立起来。常言道："人无完人。"老板也是一个普通人，他们也有自身的一些情感缺陷，也许是由于种种原因不能对你做出客观的判断。你不必太在乎老板对你的评价，而是自己在乎对自己的评价。只要你竭尽所能，做到对工作问心无愧，对自己学习到丰富的经验而感到欣慰，那么，你就会发现你的心胸原来是如此地宽广。

老板和员工关系和谐统一的公司才会朝气蓬勃，才会不断发展进步。有了公司的发展，也就有了员工的发展。所以，在工作中，对立情绪要不得。

工作感悟

　　成功的秘诀就在于懂得怎样控制痛苦与快乐这股力量，而不为
这股力量所牵制。如果你能做到这点，就能掌握自己的人生，反之，
你的人生就无法掌握。

主动赢得一切

　　你要想成为公司里最优秀的员工，就必须积极主动地去做事
情，这不仅锻炼了自己，也为自己积蓄了力量。另一方面，没有哪位
领导喜欢那种事事要别人催着做的员工。

　　一个积极主动的员工能够用心去做一件事情。用心工作的态
度，会为一个人既定的事业目标积累雄厚的实力，也会给企业带来
最大化的利益。所以，在每一个公司里，用心做事的员工是老板比
较青睐的员工。一位优秀的员工，除了认真地完成自己的工作之
外，还会去做一些分外的事情。

　　主动工作，积极进取的员工，命运和其他人是完全不同的，他
们很容易在职场中找到自己的位置，并获得成功。那些在职场中平
庸的人，只是被动地应付工作，机械地完成任务，而不是创造性地、
自觉自愿地工作。所以，他们在工作中不会投入自己全部的热情和
智慧，更不会获得成功。

　　拿破仑·希尔曾经说过："自觉自愿是一种极为难得的美德，它
能驱使一个人在不被吩咐应该去做什么事之前，就能主动地去做

应该做的事。"

两个同龄的年轻人小李和小赵同时受雇于一家零售店铺,并且拿同样的薪水。

可是一段时间后,小李青云直上,而小赵却仍在原地踏步,小赵很不满意老板的不公正待遇,终于有一天他到老板那儿发牢骚了。老板一边耐心地听着他的抱怨,一边在心里盘算着怎样向他解释清楚他和小李之间的差别。

老板开口说话了,"你到集市上去一下,看看今天早上有什么蔬菜在卖。"

小赵从集市上回来向老板汇报说:"今早集市上只有一个农民拉了一车土豆在卖。"

"有多少?"老板问。

小赵赶快戴上帽子又跑到集市上,然后回来告诉老板一共40袋土豆。

"价格是多少?"

小赵又第三次跑到集市上问来了价钱。

"好吧,"老板对他说,"现在请你坐到这把椅子上一句话也不要说,看看别人怎么做。"然后,叫来小李,布置了同样的任务。

小李很快就从集市上回来了,并汇报说,到现在为止只有一个农民在卖土豆,一共40袋,价格是多少,土豆质量很不错,他还带回来一个土豆样品让老板看看。又对老板建议说:昨天那个农民的土豆卖得很快,库存已经不多了。他想这么便宜的土豆老板肯定会要进一些的,所以他不仅带回了一个土豆做样品,而且把那个农民也带来了,他现在正在外面等回话呢。

此时老板转向了小赵,说:"你现在肯定知道为什么小李的职位和工资比你高了吧?"

成功者和失败者的区别就在于:成功者无论做什么工作,都会积极主动地用心去做，用脑子去思考，并力求达到最佳的效果，不会有丝毫的放松；失败者在做工作时，却常常轻率敷衍、得过且过，做一个木偶式的员工。这就是为什么小李的待遇比小赵高的原因。

青青进公司快一年的时间了，在这一年里，她一直有怀才不遇的感觉，她觉得自己一直在打杂。这天下午，上司把她叫了过去，让她在两个星期内完成一份当前整个北京各大商场基本情况的调查报告。虽然公司是做家电生产的，但她从未涉及过商业方面的事情，于是她对上司脱口就问："到哪里去找资料？"

上司淡淡地说："你自己想办法吧。"说完，就外出办事去了。

青青有点愣住了，平时她总想做点具体工作，但当具体工作真正到来时，又有些措手不及。

显然，在这个时代，那种木偶式的、唯命是从的员工已经不再受到领导的赏识和欢迎了。领导更青睐于那种能够自发自动，不用领导吩咐安排去做事，能够自己解决工作中的所有难题，并为公司创造最大业绩的员工。

🧑‍🤝‍🧑 工作感悟

成功者的经历都是相似的，他们把握了机会，在工作中主动出击，自己选择了成功的挑战，最终获得了胜利。而失败者则是各有各的原因，现实只是为失败者提供了种种借口而已。所以说成功永远属于主动工作的人。

把服从当成天职

　　服从，是指受到他人或者规范的压力，个体发生符合他人的规范要求的行为。对于服从，每个人并不陌生，因为从小到大我们的生活都是伴随着服从这一种普遍现象度过的，比如在家里要服从父母教导，在学校要服从老师管理，参加工作后要服从上级的领导。

　　如果每个人都不服从，事情就会变得很糟糕。服从意味着奉献和牺牲，面对上级的命令，下级必须无条件放弃自己的理由和想法去服从。只有具有服从品质的人，才会在接受命令之后，充分发挥自己的主观能动性，想方设法完成任务；即使完成不了也能勇于承担责任，而不是找各种借口来推脱责任。

　　在生活中，我们经常会听到各种冠冕堂皇的借口，例如：上班迟到了，理由是路上堵车；工作在规定的时间没有完成，就说工作量太大；等等。试想，一个事事都找借口的员工，有哪一个老板会喜欢呢？不服从，就代表他不接受领导交给他的任务，或是仅仅按照符合自己利益的方式去完成任务。

　　小王是一家企业营销部门的员工，虽然他毕业时间不长，在工作中缺乏一定的经验和阅历，但是由于他聪明好学，具备了一名优秀员工的潜质，受到了领导的赏识和重视。

　　小王在工作中最值得老板肯定的就是，不论部门主管交代给他的工作难度有多大，他绝对不会在做之前为自己寻找借口，或是推脱交给别人去做。

最近，上级主管给他安排了一项工作任务：协同采购部门人员，到某市为展厅模特购买配套的衣服和装饰性用品。小王得到工作指示后，毫不犹豫地随同公司采购部门人员前往某市开展工作。

因为该市地处南方，虽然是五月，但是已相当热了。加上当天的天空被一层乌云包住，好像要下雨，天气变得闷热起来，人就像进了一个大蒸笼。

小王在接受任务之前，深知安排他协同采购的目的是把关模特的风格，所以到达该市后，他冒着酷热东奔西走，穿梭于各大服饰商场。尽管忙碌了一天，困乏交加，甚至连饭也顾不上吃，但仍有两项采购任务未完成。

一同来的采购人员早已疲倦不堪，当晚即驱车返回了。返回前，采购人员要求小王和他一同回去。但小王认为，工作还未完成，决定多停留一天，继续比较和选择，并同部门主管通了电话。对于小王的决定，部门主管表示认同。

次日，通过一天的奔波，小王圆满地完成了工作任务。

像小王这样的员工任何一个老板都喜欢，他不仅做了他应该做的事情，而且在遇到困难的时候，能够主动出色地完成任务。这样的员工，也许不是能力最强的，但他所能获取的赏识和机会一定是最多的。

所有的企业都希望自己的每一位员工都是优秀的，希望自己的员工都能够不折不扣地完成任务，而不是寻找借口。

工作感悟

商场如战场，如果企业没有好员工，就没有好的效益。要想做一名优秀的员工，自身必须具备的素质和能力有很多，服从就是其中之一。一个企业，如果没有服从的员工，那么就没有很强的执行力，就不能很出色地完成任务，更没有在商场中竞争的优势。

执行力就是竞争力

一名员工,只要接受了任务就意味着做出了承诺,即使完成不了自己的承诺也不要找借口。因为没有任何借口是高度敬业精神的体现。一个不找借口的员工,肯定是一名优秀的、执行力很强的员工。这样的员工,首先能够坚决地执行上级命令和指示,义无反顾地去完成任务,不管在完成任务的过程中遇到怎样的艰辛与困苦。在市场竞争的环境中,大到一个国家的发展需要这样的人,小到一个企业的发展也需要这样的人!执行力就是战斗力,执行力就是竞争力。

目前,评价一个企业的市场竞争力如何、经营效益怎样以及发展前景是否乐观,显然是一项十分复杂的综合工作,要受到外部环境和内在因素诸多问题的影响与制约。当然,外部因素有很多,比如国家的政策、法规、社会资源、经济形势等,而内在因素则主要表现在企业内部的执行力上。因此,为了适应日趋激烈残酷的市场角逐,企业自然要提升竞争力,而提升竞争力的基础就是强化执行力,二者的关系是相辅相成,交叉渗透,互为依托。可以毫不夸张地讲,企业内部的执行力不仅关乎企业的生存和发展,而且还是把企业规划蓝图变成现实目标的重要手段。

执行力是企业发展的根本保证,企业的经营决策会因为执行力强而得到彻底贯彻实施,并且会最终直接作用于终端市场,发挥很大的作用,以最终提升市场竞争力;相反,若在一个执行力差的企业,再好的决策,因为执行不力而在实施的过程中变成一纸空文,最后不但不能提升市场竞争力,甚至会起反作用,造成严重的负面影响。所以执行力是事业成功,企业发展的根本保证!

靠执行力取得成功的典型例子是沃尔玛。沃尔玛的创始人山姆·沃顿创业时,是从乡村包围城市,一点一滴拉大和竞争者之间的差距。例如仅失窃的损失,沃尔玛就比竞争者少了一个百分点,这样的成果和3%的净利相比,贡献可观,而这就是执行力的具体表现。除此之外,沃尔玛还利用集中发货、仓库每天提供低价商品、全国卫星联网的管理资讯系统等,他们就是以这些看似平淡无奇的管理手法,创造出全球最大的百货公司。在过去四十年中,没有任何公司能成功地模仿沃尔玛,成功之道无他,唯执行力而已。

细节决定成败,对一个现代企业来说,执行力就是决胜力。没有执行力,何谈竞争力?而执行力是否够强、够彻底,需要通过一个个小细节来体现。一家企业的成功,30%靠战略,50%靠执行力,其余的20%包含了机遇、环境等客观因素形成的平台。可见执行力是最重要的。

说起"娃哈哈",现在是家喻户晓,它不仅占领着国内的饮料市场,同时也走向了世界。"娃哈哈"的成功秘籍是什么?我们应该向"娃哈哈"学些什么呢?

娃哈哈集团位于杭州,在过去的一年里真可谓是灾难重重,一波未平一波又起啊。尤其是金融危机在全球迅速蔓延,已经开始严重影响我国经济实体的情况下,娃哈哈集团却克服重重困难,高歌猛进。2008年底,"娃哈哈"的营业收入、销售收入等经济指标相比去年,增幅达到30%以上,销售总额已逾300亿元。根据中国饮料工业协会最新发布的饮料行业10强数据,2008年"娃哈哈"的产量占了10强总量的55.57%、销售占了65.84%、利税占了73.16%,均超过其余9强的总和。至此,"娃哈哈"已经连续十年成为中国饮料行业"王者"。

　　"娃哈哈"在金融风暴当中表现出的优秀业绩，引起了众多业界人士的广泛关注与讨论。专家学者们一致认为，超强的执行力是"娃哈哈"迈向辉煌的基本保证与关键所在，正如"娃哈哈"总裁宗庆后本人所说："做企业就像打仗，抓住了机会就能一举成功，而要迅速抓住市场商机，必须确保'决策'和'执行'两大关键管理环节的有效和迅捷，减少管理中间环节。"

　　而在娃哈哈集团的领导层当中，不设置副总，管理机制采取扁平化管理，就是为了减少管理的中间环节，提升企业的执行力。由此可见，执行力在"娃哈哈"管理当中所发挥的重要作用。

　　执行力就是竞争力，在娃哈哈集团的成功中被表现得淋漓尽致。正是因为企业在执行的环节上采取了有效的措施，才使得娃哈哈集团连续十年成为中国饮料行业的"王者"。

　　在工作中，不要把过多的时间和精力花费在寻找借口上，不管事情的结果怎样，借口是起不了任何作用的。与其寻找借口，还不如动脑筋想想怎样去解决，办法总比问题多，相信总可以找到解决问题的方法。

工作感悟

　　有人经常为自己完不成任务或者自己工作中的错误而寻找一些冠冕堂皇的理由，为自己开脱责任。但是不管你的借口是否合理，它对自己和公司都起不了任何作用。因此，面对错误，与其浪费时间去寻找借口，还不如去寻找解决问题的方法。

做一个守时、准时的员工

"一寸光阴一寸金,寸金难买寸光阴。"中国人是世界上最早认识时间管理重要性的人。尤其是现代社会,人们的生活节奏加快,社会也开始极力呼唤人们的守时意识。守时,已成为现代人所必须具备的素质之一。人们经常说的一句话就是:不尊重时间,就是在浪费生命。可见,时间的价值已远非自然经济和工业经济时代可比。不守时,既浪费了自己的生命,也浪费了别人的生命。

但是,现在很多人对时间的概念太模糊,在我们身边也经常会发生不守时的现象,甚至这种现象在我们每一个人的身上都出现过。比如上班迟到,这几乎是每个人都经历过的,而且每个人都有自己合理的理由。其实,这是没有时间观念导致的后果。时间就是成本,在还是职场新人的时候就养成时间成本的观念,将会有助于你以后的晋升和工作效率的提高。如果你想做一名上司和客户眼中的好员工,就应该时刻记得遵守时间,不要迟到。

小李是一家公司的销售人员,一次,他去拜访一个很有名气的客户。这位客户平时特别忙,拜访他的人又比较多,所以不是很好约。经过一段时间的沟通,这位客户终于答应见小李,时间是在早上的8点钟,但他的上班时间是8:30,而且这位客户的公司是在离市区较远的郊区,为什么要约这么早的时间,谁也不知道。为了能够准时到达,小李起了个大早,并按时到达了客户的办公室。但令他没有想到的是,这位客户并没有在8点到达,所以他只好站在门外等着。

8 点 25 分的时候，这位客户才出现在公司的门口，当他看见小李的时候感到很吃惊，问："你是几时到的？"小李很恭敬地说："我知道您很忙，特地早些来，您看我还是先给您介绍一下……"在这个时候，小李当然不能有怨言，说自己已经等了很久了，那样会给客户留下不好的影响。那位客户马上说："哎呀，真是很抱歉，我马上就有一个会要开，要不你先在我的办公室里等一会。"客户一边开办公室的门，一边抱歉地和小李商量着。"当然可以了。"小李说。

两个小时过去了，那位客户还没有出来，"这分明是躲着我嘛。"小李心里想着。他有好几次想走，只是觉得自己就这么走了有些不礼貌。

"实在抱歉，这个会长了一些，让你久等了。现在我把其他的事都放下，给你半个小时。"客户一进门，径直到小李面前坐下来，看着小李说。

客户的出现让小李感到有些意外，他立即打起精神，半小时总比没有强，就按半小时的思路，有条理地介绍起产品技术来。客户听得很认真，半个小时过去了，可他并没有打断小李的意思。

"时间到了，主要的内容我都介绍完了，但还有一些我们的技术特点，您看……"小李的时间观念很强，而且在客户面前更是很注意，何况半个小时是约定好的。

客户看了一下表，笑了："今天破例，你刚才说的那个问题是怎么解决的？"

这样没有了时间的约束，小李就详细地介绍起来。

他们谈得很不错，小李第二次见客户，就基本定了他们的方案。后来在一次聊天时说起了那次见面，客户笑着对小李说："其实我没想到你那天会按时到，以为推一下就免了，有不少人都是这样找借口的。门卫跟我说你不到 8 点就来了，很守时。不过那天的会议是临时通知的，后来给你时间介绍产品，你确实很守时。是你对时间的态度，让我觉得你这人很可靠。人可靠，你的承诺才可信。"

时间观念的强弱是评价一个人是否守信的一条总则，如果一个人连最起码的时间观念都没有，那么在其他事情上还会有诚信可言吗？更何况一个员工是否守时，直接关系着整个企业的形象和时间观念，这样不仅给公司带来直接的经济损失，更重要的是造成公司荣誉受损。

🎭 工作感悟

一个人，无论在生活中还是在工作中，养成守时的习惯对自己的发展很重要。守时的人往往能够给别人留下好印象，同时很容易得到别人的信赖。

服从是执行的第一步

在美国西点军校有一个广为传诵的传统，就是遇到军官问话，只能有四种回答"报告长官，是。""报告长官，不是""报告长官，不知道""报告长官，没有任何借口。"除此之外，不能多说一个字。

服从，在西点人的观念中是一种美德。劳恩钢铁公司总裁卡尔·劳恩曾说过："军人的第一件事情就是学会服从，整体的巨大力量来自个体的服从精神。在公司中，我们更需要这种服从精神，上层的意识通过下属的服从很快会变成一股强大的执行力。"每一位员工都必须服从上级的安排，就如同每一个军人都必须服从上级的指挥一样。服从是执行的第一步。一个团队，如果下属不能无条件地服从上司的命令，那么在达到共同目标时，可能产生障碍；反之,则能发挥出超强的执行能力,使团队胜人一筹。

一个企业要想实现生产经营目标,就要求每一个员工必须具备较强的服从性,只有这样,才能有效的提高执行力,完成企业经营目标。与此相反,如果企业员工没有执行力或不善于执行,那么很少有企业能够在变革中取得成功。工作中,服从更多强调的是一种忠诚,执行力是一种做事的能力,想成为一名优秀的员工,服从与执行力都是不可或缺的。

另外,从本质上讲,服从是一名员工应尽的义务,也是执行的第一步。而执行则是员工行动的保障。毫无疑问,一个高效的企业必须有良好的服从观念,一个优秀的员工也必须具备这种观念。

海尔总裁张瑞敏在比较中日两个民族时曾说:如果让一个日本人每天擦桌子六次,日本人会不折不扣地执行,每天都会坚持擦六次;可是如果让一个中国人去做,那么他在第一天可能擦六遍,第二天可能擦六遍,但到了第三天,可能就会擦五遍、四遍、三遍,到后来,就不了了之。从这段话中我们可以看出,中国人在执行方面总是存在着一种惰性。但是对企业和员工而言,敬业、服从、协作等精神永远都比任何东西重要,而这些品质也不是员工与生俱来的,所以为了克服这种惰性,就要求我们严格律己,从身边的每一件小事做起,并且在不断的学习中提高自己的能力,改正自己的错误,克服自身存在的一些弊端,那么,我们同样也会成为一名优秀的执行者。

下面看一个真实的故事:

美国与西班牙交战时,美国总统意识到美国军队只有与古巴的起义军紧密地配合,才能取得胜利。总统急切地想知道岛上的各种情报,包括起义军的情况、古巴的地形、西班牙部队的情况等。

总统问瓦格纳上校:"哪里能找到把信送给加西亚的人?"

瓦格纳说:"我认识一个人——一个年轻的中尉安德鲁·罗文。"

总统命令:"派他去!"

当瓦格纳上校把任务下达给安德鲁·罗文时,他知道这是一项极其重要而且极其艰难的任务。那一刻,他没有任何的犹豫和疑问,接过了总统手中那封"给加西亚将军的信"。

这项任务并不是一次旅行,没有人知道加西亚将军在什么地方,当然包括安德鲁·罗文,而且途中的危险无处不在,很多传送情报的战士牺牲了,而且机密情报也被敌人破解了。可想而知,这是一项多么严峻的任务。

前往古巴的最佳途径是牙买加。安德鲁·罗文身上带着向牙买加官方证明他身份的一份非常危险的文件。由于担心西班牙人的搜查,安德鲁·罗文怀着忐忑的心情登上了牙买加的领土,在军人联络处指挥部的帮助下,换了两个马车夫,经过9个小时,他来到丛林中的小房子前,找到了向导。

他们走到离古巴海岸只有100英里的地方,西班牙轻型驱逐舰经常在那里巡逻,情况非常危险,如果被捉,不仅不能完成任务,性命将不保。他们没有躲过西班牙的巡逻舰,所幸的是他们脱离了危险。

紧接着,很多危险接踵而至,可是他从来没有想到过退缩,更加不会为退缩找借口,在经历了很多事情,克服了重重困难后,他终于成功了,他成功地把信交给了加西亚将军。完成任务后的安德鲁·罗文,收到了总统的贺信,赞扬他勇敢地完成使命,而他坚定地认为只要是任务,只要是命令,就要去服从,坚决地去执行,这是一个军人的职责。

商场如同战场。服从的观念在企业界同样适用。大到一个国家、军队,小到一个企业、部门,其成败很大程度上就取决于是否完美地贯彻了服从的观念。

服从是行动的第一步,处在服从者的位置上,就要遵照指示做事。服从的人必须暂时放弃个人的独立自主,全心全意去遵循所属机构的价值观念。一个人在学习服从的过程中,对其机构的价值观念、运作方式,才会有更透彻的了解。

工作感悟

有这样一句名言:只有今天会服从的人,明天才可以指挥别人。现代企业中,老板都喜欢任用那些把服从当成天职的员工,因为只有员工具有了很强的服从性,才能更好地去完成任务。

请记住这是你的工作

美国独立企业联盟主席杰克·法里斯曾讲起他少年时的一段经历。

在杰克·法里斯 13 岁时,他开始在他父母的加油站工作,那个加油站里有三个加油泵,两条修车地沟和一间打蜡房。法里斯想学修车,但他父亲让他在前台接待顾客。

当有汽车开进来时,法里斯必须在车子停稳前就站在司机门前,然后忙着去检查油量、蓄电池、传动带、胶皮管和水箱。法里斯注意到,如果他干得好的话,顾客大多还会再来。于是,法里斯总是多干一些,帮助顾客擦去车身、挡风玻璃和车灯上的污渍。有段时间,每周都有一位老太太开着她的车来清洗和打蜡。这个车的车内地板凹陷极深,很难打扫。而且,这位老太太极难打交道,每次当法里斯为她把车清洗完,她都要再仔细检查一遍,让法里斯重新打扫,直到清除掉每一缕棉绒和每一粒灰尘她才满意。

终于,法里斯实在忍受不了了,他不愿意再伺候她了。但是他的父亲告诫他说:"孩子,记住,这是你的工作!不管顾客说什么或者做什么,你都要记住做好你的本职工作,并以应有的礼貌去对待顾客。"

父亲的话让法里斯深受震惊,法里斯说道:"正是在加油站的工作使我学到了严格的职业道德和应该如何对待顾客。这些东西在我以后的职业经历中起到了非常重要的作用。"

每一位员工都应该明白,不管你从事的是什么职业,也不管你所从事的工作有多苦多累,也不管你在工作中受到了怎样的待遇,那都是你工作的范围,是你的职责。所以,服从领导的命令是义不容辞的事情。而只有具备敬业精神的人才能在竞争激烈的现代企业中有很好的发展。

要想让那些对没做好工作寻找借口的员工,那些对自己工作敷衍了事的员工,那些不服从领导命令的员工,那些不能完成自己本职任务的员工变成优秀的员工,方法只有一个,就是坚定地告诉他们:"记住,这是你的工作!"

有一位大学生,刚毕业的时候,被聘到一家广告公司做业务员,他每天的主要工作就是通过电话联系公司指定的客户,当电话打完之后,就开始去拜访那些有意做广告的客户。他和所有刚毕业的大学生一样,都愿意待在公司的办公室里用电话联系客户,因为那样很轻松。这天,当他出去见客户的时候,就有些犹豫了,外面的气温很高,而且公司的地址远在郊区,交通十分不便。后来,他想:这是自己的工作,既然是跑业务,和客户面谈是工作的重要部分,又怎么能不去呢!于是他毅然向客户住处走去。

几年过去了,这位大学生已经成为一家跨国公司的销售总监了。回顾那段在广告公司做业务员的情景时,他说:拜访客户的经历让我学到了很多知识，比如如何面对客户、如何与人沟通和交流。"记住，这是你的工作！"我觉得每个人都应该把这句话作为自己的座右铭。

美国一位教育专家曾说："工作是需要我们用生命去做的事！"对于工作，我们绝不能懈怠、轻视和践踏它，而应该用感激和敬畏的心情，把它做得更好，而且也能做得更好！

既然你选择了这个职业，选择了这个岗位，就必须接受它的全部，而不是仅仅享受它给你带来的益处和快乐。就算是屈辱和责骂，那也是这个工作的一部分。

记住，这是你的工作！不要忘记工作赋予你的荣誉，不要忘记你的责任，不要忘记你的使命。一个轻视工作的人，他必将得到严厉的惩罚。

工作感悟

如果只把工作当作一件差事，或者只将目光停留在工作本身，那么即使是从事你喜欢的工作，你依然无法持久地保持对工作的激情。但如果把工作当作一项事业来看待，情况就会完全不同。

第四章
做最忠诚的员工

　　著名学者曾仕强在谈到中、日、美三国企业文化时说：中国的企业文化就是"安人"，如果把人安顿好，他自觉了，工作就好了。即所谓，员工的心，企业的根。忠诚是企业凝聚力的核心。提高员工的忠诚度既是提升企业核心竞争力，激发员工工作热情，调动员工积极性，发挥员工创造性的内在动力，又是赢得企业利润的最大化，实现企业的方针目标，促进企业又好又快发展的重要动力之一。因此，员工对企业忠诚度的高低，直接关系到企业的生存发展。

忠诚是公司的命脉

　　忠诚,就是尽心尽力、忠于人、勤于事的奉献情操,它是一种发自内心,饱含着付出、负责甚至牺牲的精神。它在本质上是一种负责的职业精神,这种精神不仅仅是对公司或者老板的忠诚,还是一种优秀的人格特征,它时时刻刻伴随着我们,给我们精神力量。它能够很好地约束我们,使我们更加懂得自重,并能带来一种自我满足感,使我们努力去做一个忠诚的员工。

　　在当今这个竞争激烈的年代,谋求个人利益,实现自我价值是天经地义的事。但遗憾的是,很多人没有意识到个性解放、自我价值实现与忠诚和敬业并不对立,而是相辅相成、缺一不可的。你投入的忠诚越多,收获也就越多。要想成为企业和老板信任的人,就必须脚踏实地,静下心来认真地去做。但是,许多年轻人以玩世不恭的态度对待工作,他们频繁跳槽,觉得自己工作是在出卖劳动力;他们蔑视敬业精神,嘲讽忠诚,将其视为老板盘剥、愚弄下属的手段。这样的员工,即使干一辈子也不会得到公司和老板的信任。古往今来,没有一个老板会喜欢一个有异心的员工。无论你的智慧多么超群，如果你缺乏忠诚，没有任何人会放心地把最重要的事情交给你去做，没有任何人会让你成为公司的核心力量。更多的时候，老板乐意提拔的是那些具有忠诚品质的员工。

有一家运营很不错的旅游公司。在老板出差期间，内部有人秘密地把公司内部的客户资料出卖给了竞争对手。等到了旅游旺季的时候，以往的签约客户竟然一个都没有来。这使得公司陷入了前所未有的困境中。

出现这样的情况，没有人知道到底是谁出卖了公司的客户资料。客户服务部的经理因为自责而辞职，尽管她是无辜的，但是内心是痛苦的。老板也觉得自己很对不起自己的员工。"公司出现这样的事情，我很遗憾，也很心痛。"老板说，"现在，公司的资金周转出现了困难，这个月的薪水暂时不能发给大家了。我也知道，公司出现这样的困境，有人想辞职，要是在以前我会极力挽留大家，但是这个时候，大家想走，我会立刻批准，因为我已经没有挽留大家的理由了。"

"老板，您放心吧，我们是不会在这个时候离开公司的，而且我相信我们一定能够战胜困难，重新开始的。"一名员工说。"说得对，我们是不会离开公司的！"大家都异口同声坚定地说。员工们的忠诚感染了老板，也感染了在场的每一个人。

经过大家的努力，这家旅游公司重整旗鼓，经营效益远远超过了以前。因为，在公司最困难的时候，老板发现了一批对自己忠诚不二的员工，依靠他们的努力，公司的发展有了真正的支柱。后来，这些留下来为公司奉献的员工都得到了公司的重用，他们在发展公司的同时也发展了自己，而那些临危而去的员工就失去了发展自己的机会。后来老板说："我要感谢我的员工，在我快要放弃的时候，是员工的忠诚帮助公司战胜了困难，他们让我知道了一个企业要想发展，什么才是最重要的。"

员工的忠诚并不是企业和老板强加的，而是员工在职业生涯中始终具备的一种精神、一种品格。如果你能够忠诚地对待企业，反过来，企业也会真诚地对待你。你的敬业精神增加一分，别人对你的尊敬就会增加两分。即使你的能力平平，只要你能表现出对企业的忠诚，就能赢得企业的信赖。

在今天的职场上，如果没有忠诚的员工，任何一家公司都难以在市场上取胜。对员工来说，企业与员工的命运是息息相关、密切相连的，他必须忠诚于他的公司，因为这是公司能够得以健康发展和运营的基本保证。

江宁是一家公司的软件工程师，由于某种原因他离开了工作五年的公司，准备去一家实力更加雄厚的公司继续从事软件开发工作。由于新公司和原公司的业务相关，新公司经理要求他透露一些原公司他主持开发过的项目情况，但是江宁拒绝了这个要求。他的理由很简单："尽管我离开了原公司，另觅发展，但是我没有权利去出卖它，不管什么时候都是如此。"

第一次面试就这样不欢而散。但使他没有想到的是，正当他准备重新找工作的时候，却收到了直接录用的通知书，上面清楚地写着：你已经被录用了。因为你的能力和才干，还有我们最需要的忠诚。

公司的稳定和发展需要一批忠诚的员工。我们每一个员工都要力争做对公司忠心耿耿的人。忠诚的员工是公司发展的命脉。忠诚的员工爱公司，同时忠诚的员工也需要公司去培植、去爱护。有了一大批忠诚的员工，公司才有活力，才有凝聚力和战斗力，才有永不枯竭的发展动力，才能经受市场复杂形势的考验，永远立于不败之地。

工作感悟

一个企业要想在竞争中生存和发展下去，员工就是企业最大的财富，如果失去了员工们的努力和奉献，企业就会失去活力。而员工的忠诚更是企业稳定和发展的基础。

提高工作的主动性

工作是人一生的主题，是一个人赖以生存的基础。社会上的工作五花八门，有的人会在默默无闻的工作岗位上做出一番成绩；有的人在忙忙碌碌中却一事无成。这是为什么呢？究其原因主要在于工作的主动性。

所谓工作主动性，就是在没有人要求你、驱使你的情况下，你能够自觉并出色地做好应该做的事情。在竞争异常激烈的时代，被动意味着挨打，主动就可以占据优势地位。世界上从来没有什么救世主，我们的事业、我们的人生不是上天安排的，而需要我们主动去争取。

在工作中，许多人都会为自己的未来设计出一幅宏伟的蓝图，但却总是迟迟不愿将自己的构想付诸行动，因此许多宝贵的时间就从身边一点一点地溜走了，到最后也是庸庸碌碌，一事无成。身在职场，主动工作是赢得成功的重要因素，往往能将工作做得很出色，也会得到很高的荣誉。

有这样一些人，他们认为只要把领导安排的工作做好就可以了，那些和自己无关的事情，懒得去办，因为那些事情不属于自己的工作范围。其实有这种想法是错误的，没有哪一家公司的老板喜欢"按钮式"的员工，他们希望自己的员工，只要是和公司利益有关的事情，就不分你我积极主动地去做，为公司创造利益和价值。另外，在公司中多干一些事情，不仅能够使自己学到很多技能，锻炼充实自己，而且还能够很好地表现自己，为老板留下好印象，总有一天老板的天平会向你倾斜的。

毕业于华中理工大学少年班的李一男，1993 年进入著名科技企业华为公司。仅仅在半个月后，他就被公司提升为主任工程师。凭借自己出色的工作业绩，在一年之后被任命为华为公司的总工程师，在他 27 岁的时候，又被提拔为公司最年轻、最受器重的副总裁。这位才华横溢的年轻人晋升如此神速，就在于他不但对技术的发展趋势非常敏感，而且总能够给总裁任正非提供许多有前瞻性的建议，总能提前为所开发的技术项目解决难题。当别的员工还在为一个产品在市场中的成功而陶醉时，李一男已经给任正非提出新的建议，并着手开发下一代产品了！很显然，这样的员工无论在哪个公司都会受到老板的青睐。

在新的市场经济时代，昔日那种"听命行事"的员工已经不再是最优秀的员工了，而那种不用老板反复交代，积极主动去做事的员工才能受到老板的赏识和重用。主动工作也是员工获得安全感的必要条件，只有这样才能保证自己的职位不被别人代替。而且工作的主动性很大程度上是员工对企业忠诚度的表现。员工对企业忠诚度的大小，是企业领导对员工的信任度与培养力度大小的参照系数，关系着员工在企业的发展前途。而员工的工作主动性，是员工忠诚度的主要标志，它体现出员工是否爱岗敬业，是否自信自强。尤其重要的是：员工工作主动性的体现，往往隐含在某项工作的具体进行过程中，你对待工作的态度，你处理问题的方法，你的言谈举止等，不经意间就能反映一个人工作主动与否。

工作感悟

在工作中要想成为一名合格的员工就不要只是一味地被动服从，而是要主动去开拓，要不断地进步与学习，积极热情地面对自己的工作。

全力以赴地做好本职工作

在一个人的职业生涯中，对自己所从事的工作负责是基本的要求，也是一个人的良知所在。不论你从事的工作是多么平凡，也不管你从事的工作多么不平凡，但首要的一点都是相同的，那就是尽自己最大的努力把自己的本职工作做好，学会在工作中享受乐趣。

麦金莱总统曾在一次演讲中说道："比其他事情更重要的是，你们需要尽职尽责地把一件事情做得完美，与其他有能力做这件事的人相比，如果你能做得最好，那么，你永远不会失业。"

如果一个人对自己的本职工作都是马马虎虎、敷衍了事地应付，那么他怎么可能胜任更多、更重要的工作呢？这样的员工是永远不会得到老板的信任和重用的。

还有一种人，他们认为只有办了大事才能得到老板的赏识，因此对工作中的细节小事不屑一顾。其实，无论你干大事还是干小事，最重要的就是做好自己的本职工作，这也是员工的本分。只要做好自己的本职工作，你才能算是一名合格的员工。

有这样一个故事：

在一个风雪交加的夜晚，汤姆将军正在急匆匆地往家里赶。当他经过那个每天路过的公园时，突然被一个人拦住了，"对不起，打扰了先生，您是一位军人吗？"这个人看起来特别的焦急。汤姆不知道发生了什么事情，回答道："当然是军人，不知道我能够为您做些什么呢？"

"是这样的，刚才我经过公园的时候，看到一个孩子站在那里一直哭，我问他为什么不回家，那孩子说，他是士兵，是在那里站岗，如果没有得到上级的命令他不能离开这里。谁知道和他一起玩的那些孩子都跑到哪里去了，大概都回家了。天这么黑，雪这么大。我说，你回家吧。他说不，他必须得到命令，站岗是他的责任。我怎么劝他，他也不听，只好请先生帮忙了。"

汤姆和这个人一起来到公园，在公园的一个非常不显眼的地方，有一个小男孩站在那里哭，但却一动不动。汤姆走过去，敬了一个军礼，然后说："下士先生，我是中士汤姆，你为什么站在这里？"

"报告中士先生，我在站岗。"小孩儿停止了哭泣，回答说。

"天这么黑，雪这么大，为什么不回家？"约翰问。

"报告中士先生，这是我的责任，我不能离开这里，因为我还没有得到命令。"小孩儿回答。

汤姆的心为之一震，"那好，我是中士，我命令你回家，立刻。"

"是，中士先生。"小孩儿高兴地说，然后向汤姆敬了一个不太标准的军礼，撒腿跑了。

汤姆和这位陌生人对视了很久。最后，汤姆说："他值得我们学习。"

在这则小故事中，从小孩的身上我们看到了对工作尽职尽责的精神。同样，在工作中如果一个员工不重视自己的工作，那他也绝对不可能把工作做好。

在工作中干一行,爱一行,钻一行,精一行。只有这样,才能把本职工作做好。

年轻的洛克菲勒最初在石油公司工作时,既没有学历,又没有技术,被分配去检查石油罐盖自动焊接质量。这是整个公司最简单、枯燥的工序,同事戏称连3岁的孩子都能做。每天洛克菲勒看着焊接剂自动滴下,沿着罐盖转一圈,再看着焊接好的罐盖被传送带移走。半个月后,洛克菲勒忍无可忍,他找到主管申请改换其他工种,但被回绝了。无计可施的洛克菲勒只好重新回到焊接机旁,既然换不到更好的工作,那就把这个不好的工作做好再说。

洛克菲勒开始认真观察罐盖的焊接质量,并仔细研究焊接剂的滴速与滴量。他发现,当时每焊接好一个罐盖,焊接剂要滴落39滴,而经过周密计算,实际只要38滴焊接剂就可以将罐盖完全焊接好。经过反复测试、实验,最后洛克菲勒终于研制出"38滴型"焊接机,每只罐盖比原先节约了一滴焊接剂。就这一滴焊接剂,一年下来却为公司节约了5亿美元的开支。年轻的洛克菲勒就此迈出日后走向成功的第一步,直到成为世界石油大王。

公司的老板都希望自己的员工首先能够认真地做好自己的本职工作,只有这样整个公司才能够正常地运转,而那些好高骛远、不切实际的员工,只能为公司带来负面影响。因此要想得到老板的喜爱,首要的就是做好自己的本职工作。

工作感悟

不论你处在什么样的工作岗位上,只有做好自己的本职工作才能算得上称职。试想,一个连自己本职工作都做不好的人,怎么能胜任重大的工作呢?就好比一颗松动的螺丝钉,随时都可能导致机器出现故障,造成不堪设想的后果。如果每个人都能做好自己的本职工作，那么一切都会井然有序地进行下去。

关键时刻要敢于挺身而出

"如果不敢去跑，就不可能赢得竞赛；如果不敢去战斗，就不可能赢得胜利。"理查德·M.德沃斯这番话说的正是凡是成大事者，在关键的时刻不能退缩，不能无主见，而是要敢于拍板拿主意，表现出非凡的决策能力。

如果一个人只是一声不响地做着自己的工作，至多给老板留下一个踏实肯干的印象，要想在职业生涯中成绩显赫，这样做是不可能实现的。闷头工作的人不再是老板的宠儿，这样的人很少有创新，很少能在工作中创造出更佳的业绩。所以要想成就自己，得到老板的青睐和赏识，就必须为自己储备大量的技能，在关键的时候露一手，让别人对自己刮目相看，让老板心里承认自己。

安德烈·卡耐基是美国宾夕法尼亚州一个停车场的电信技工。一天早上，停车场的线路因为偶发的事故，陷于混乱。

此时，上司还没上班，该怎么办？卡耐基没有处理事故的权力。如果他胆大包天地发出命令，轻则可能卷铺盖走人，重则可能银铛入狱。

一般人可能说："这并不关我的事，何必自惹麻烦？"可是卡耐基并不是平平之才，他并未畏缩旁观！

他私自下了一道命令，在文件上签了上司的名字。

当上司来到办公室时，线路已经整理得同从来没有发生过事故一般。这个见机行事的青年，因为露了漂亮的这一手，大受上司的称赞。

公司总裁听了报告，立即调他到总公司，升他数级，并委以重任。从此以后，他的事业如日中天，挡也挡不住了。

卡耐基事后回忆说：

"初进公司的青年职员，能够跟决策阶层的大人物有私人的接触，成功的战争就算是打胜了一半——当你做了分外的事，而且战果辉煌，不被破格提拔，那才是怪事！"

在工作中，有些事情是不分分内分外的，而是大家共同维护，共同协作完成的。比如有一些事情不是自己的本职工作，但是只要是自己遇到了，那么往往机会也就跟着降临了，千万不要让自己的私心杂念作祟而让机会白白地溜走。

疾风知劲草，烈火炼真金。在关键时刻露一手，老板就能更真切地了解下属，认识下属。人生难得有几次表现自己的机会，千万不要错过。

工作感悟

如果你才华横溢、谋略过人，却在公司里没受到老板的重视和赏识，那就多为自己做一番努力，多为自己寻找一个机会，在关键的时候显露一手，提高自己在领导面前的曝光率吧。

与老板同舟共济

人类发展到今天,知识爆炸、信息革命、经济全球化、世界一体化这些新名词接踵而至。在这种格局中,一个人如果没有知识,在社会中是难以站稳脚跟的,所以知识成为谋生的主要手段,由此应运而生的高学历、高知识的人才也比比皆是。但是在利益的驱使下人才的流动也越来越快。所以,现代企业最不缺的是人才,而最缺的是人心,尤其是忠诚。

企业好比是一条航行于惊涛骇浪中的船,而老板是船长,员工是水手,一旦上了这条船,员工的命运和老板的命运就连在一起了。老板和员工有着共同的前进方向,有着共同的目的地,船的命运就是所有人的命运!也就是说,老板和员工是共生的关系。如果没有老板,员工就失去了赖以生存的就业机会;如果没有了员工,老板要想发展公司、追求利润也只能是镜中花、水中月。

王军和刘超是大学同学,毕业后一起到南方,通过参加招聘会一起到一家计算机软件公司负责某种办公软件的设计开发。这个软件公司规模很小,是国家允许注册该类公司中最小的,执照上写得清清楚楚:注册资金 10 万元,连老板在内,总共七八个人加五六台电脑。他们之所以愿意去这个小公司,原因有两个,其一是背井离乡急于安身,二是老板给股份的承诺。老板也是一个年轻人,毕业时间不长,而且对他们俩的态度很诚恳。可是当他们正式上班之后才知道,连那 10 万元注册资金都可能有水分,仅从他们的办公条件就可以判断:一间废弃的地下室,阴暗、霉臭、潮湿。如果遇到下雨天，天花板上的水滴不断地往下流，电脑上都罩着厚厚的报纸。办公区连个卫生间也没有，而且出门就是大排档，油烟灌进来，熏得人直流眼泪。他们的产品市场前景看起来很好，但资金的瓶颈随时有可能将美好的梦想扼杀于萌芽状态。最要命的是，产品没有品牌，只好赊销，迟迟收不回欠款，资金储备少，连员工的工资都无法按时发放。这样的公司与那些实力雄厚的公司很难竞争。

三个月后，王军动摇了，还劝刘超也不要干了，一起跳槽。外面好公司多得是，干吗非要在这棵树上吊死呢？股份？老板连他自己都无法自保，哪里还有股份给你？但刘超坚持留了下来。

不久，公司资金链条断裂，濒临绝境，留下的几个人也走了，只剩下刘超和老板两个人。看着老板年轻而憔悴的眼神和孤独而坚定的背影，刘超反而坚定了自己的信念，他原本也是个不愿服输的人。这时，他对公司的使命感和老板已经没有区别，他想他能够做的就是和老板风雨同舟，充分发挥自己的才智，精益求精，将产品做好。

半年后，老板筹借到了新的资金，公司重新运转。产品由于质量好，买家愿意先付款了，公司局面开始峰回路转。他们还成功地说服一家实力雄厚的投资公司出钱，推出一种早就被他们认定具有广阔市场前景的新型办公软件。他们全身心地投入到新软件的研制中去，常常吃住都在地下室，半年后终于推出了完美的产品，产品上市后供不应求。他们终于掘到了第一桶金。接下来，公司开始招兵买马，发展壮大，短短的几年工夫，就成为行业内大名鼎鼎的软件公司。刘超也被提拔为公司的副总兼技术总监，月薪可以拿到 2 万元。

年终，老板和刘超同游澳大利亚，他们在阳光明媚的海滩晒着日光浴，回首往事，感慨万千。老板禁不住热泪盈眶，他问刘超："老弟，你知道我为什么能支撑下来吗？"刘超说："因为你是打不垮的，否则我也不会留下来。"老板却说："不，其实当人们纷纷离我而去的时候，我就想关门了。我从不怀疑自己的能力，但我当时已经相信'谋事在人，成事在天'的说法了。可是你让我找回了信心，我想只要有一个人留下，就证明我还有希望。感谢你！在我想躺下的时候，总有你这双手在拽着我走。我知道，当时如果你走了，我肯定崩溃了！"为了感激刘超，老板给了他公司40％的股份。

员工要想发展自己，就应该将个人命运与公司的发展密切相连，恪守职业道德、忠诚事业，无私奉献自己的聪明才智和辛勤汗水，自我价值才能最大限度地得以发挥。

如果你渴望成功，那么就要与公司和老板共存，时刻为公司利益着想，总有一天老板会给你理想的回报。

对于公司来说，员工的忠诚能够带来效益，增强凝聚力，提升竞争力，降低管理成本；对于员工来说，忠诚能带来安全感。因为忠诚，我们不必时刻绷紧神经；因为忠诚，我们对未来会更有信心。

工作感悟

企业危机到来，你是跳槽，还是与老板同舟共济？相信这个问题是许多人面对的一个难题。俗话说：一条船航行在惊涛骇浪的大海上，船上的每一个人都不可能单独逃生。在这个时代，最缺乏的不是人才而是忠诚，只要你和老板同生死，共存亡，就会获得意外的收获。

工作中要勇于吃亏

能"吃亏"不光是做人的一种境界,更是做人的一种睿智。能够吃亏的人,一生往往都很平安,幸福坦然;而那些不能吃亏的人,一生都是在纷争计较中度过,因为他们只是被眼前的利益所驱使,被狭隘的心理蒙蔽了双眼,往往在不吃亏的过程中吃了大亏。

有个经营砂石的老板,自身文化程度不高,也没有什么社会背景,但是生意却出奇地好,而且他的生意历经很多年,都是如此。说起来他的秘诀也很简单,就是与每个合作者分利的时候,他都只拿小头,把大头让给对方。

如此一来,凡是与他合作过一次的人,都愿意与他继续合作,而且还会介绍一些朋友,再扩大到朋友的朋友,也都成了他的客户。人人都说他好,因为他只拿小头,但所有的小头集中起来,就成了最大的大头,他才是真正的赢家。

古语常说:"吃亏是福",一点都不假。与吃亏相反的就是占便宜,也许你一次两次占了别人的小便宜,但是次数多了,就会渐渐地失去别人心目中对你的信任,使原本那些与你很好的伙伴都远离你,这个时候占便宜就成了你的祸害。而那些自己吃亏的人,他们不仅赢得了别人的信任,同时也为自己带来了意想不到的益处。

在工作中,你主动去做一些别人都不愿意做的苦差事,这不但能够赢得老板的认同和赏识,更是你展露才华、勇气和责任的大好机会。所以,一旦碰到这样的机会,千万不要错过,也不要有一丝抱怨,要心存感激才对。只有肯吃苦的人,才能在任何环境中充分地展示自己,找到自己事业的机会。

所以,如果你和别人一样,认为做那些苦差事就是吃亏,因此排斥这份工作,那么你也就和这些人一样,永远也不可能在众人中脱颖而出。如果你能主动去接受别人所不愿意做的事情,并能够从中体会到无穷的乐趣,你就能战胜困难,达到其他人无法达到的境界,获得别人永远得不到的礼物——老板的重用。

工作感悟

学点吃亏的精神,这话猛然让人一听感觉真的很奇怪,难道吃亏还要学吗?当然要学的。因为在现代社会中,能够主动吃亏的人实在是太少了,没有哪个人愿意放弃自己应得的那一份而让给别人。所以,我们在工作中努力学着让自己吃点亏,时间久了,自然会有回报。

不做缺乏忠诚的跳槽狂人

在竞争日益激烈、人才流动逐渐增大的现代职场,跳槽对大多数公司员工来说都是难免的。很多人不会在一个公司待一辈子。俗话说:"人往高处走,水往低处流",每个人都希望踏上更高的台阶,选择一份最适合自己能力、兴趣、爱好和个性特征的工作。

为了改变环境,寻求新的发展,职场中很多人都加入到跳槽的大军中。一次两次的跳槽对个人来说是利大于弊,但是如果过于频繁的跳槽,那么就是弊大于利了。因为工作能力的培养,都需要经过一个相对较长的时间才能真正掌握,如果频繁地更换工作,会使个人能力得不到激励和提升,最后在频频的跳槽中一事无成,同时还会造成在业界的口碑变差。此外,每一次跳槽之后,都要重新适应新公司的环境,重新打造自己的关系网,很难拥有同事之间珍贵的友情,也难以得到老板的信任。所以每个人在跳槽之前一定要经过深思熟虑,根据自身的情况和外界的因素权衡利弊。

总括起来员工跳槽的原因有以下几点:

一、薪酬问题

有很多人认为员工离开公司是因为老板不好或是职业发展受限。但是根据最新的一项调查表明薪酬问题是员工离开公司最主要的原因。因为薪酬是一个员工自身价值的体现,虽然企业经常提倡员工要无私,但薪酬是员工维持自身生活水准最基本的条件。而且薪酬是吸引员工努力工作的主要因素,如果他们的付出与薪酬不成正比例,那么就自然影响其工作热情和自主能力的发挥。

二、职业发展

职业发展受限,主要有三种情况:

1.为职业发展方向调整而跳槽。主要是针对那些刚参加工作不久的人群,由于他们在开始找工作的时候对自身的定位很模糊,等工作了一段时间之后发现自己并不适应目前这个行业,所以就跳槽寻找适合自己的职业。

2.为职业发展空间而跳槽。由于目前工作岗位发展空间太小,不能积累职业竞争力,对以后的发展造成了严重危机,所以跳槽也就成为必然。

3.为职业发展机会而跳槽。有些员工学习能力很强,事业心也很强,但目前所在的单位却不能给自己提供良好的晋升机会和培训机会。

三、人际关系

这里的人际关系包括与老板的关系,与同事的关系。如果在公司里处理不好这些关系会对自己的发展造成不利的影响，但遇到这种情况跳槽并不是最好的选择。因为人际关系不和谐往往是因为自己没有处理好，如果一味地回避，即使跳槽成功了，这样的情况还会伴随着出现。所以，如果遇到这种情况首先要学会处理人际关系。

因为跳槽的员工所从事的行业不同，跳槽的原因也有一定的倾向性。例如在消费品企业，因为该行业快速发展，不得不在人才上开展竞争，所以挖墙脚成为引起跳槽的主要原因。而在医疗和生命科学领域，职业发展受限制成为员工跳槽的主要原因，这很大程度上也是由于该行业正在进行大规模的重组和机制改革。在电信和信息技术领域，重组也是员工流动的重要原因。

对于跳槽的员工来说，开始一份新工作最尴尬的就是他们可能会发现，之前的工作可能更好或他们所期待的改变并没有发生。

秦小姐毕业于某名牌大学广告专业，本科学历，在两个月前跳槽到一家大型企业担任内刊编辑。

原来在一年前，秦小姐大学刚毕业时来到杭州找工作，她先去了一家规模很小的广告公司做文案策划的工作。令秦小姐满意的是，虽然这家公司很小，但是福利待遇很好。又因为她所学的专业和工作对口，工作非常出色，并且深受老板的赏识。但是，在一次偶然的机会，她得到了一家知名企业的聘书，请她到该公司担任内刊编辑。秦小姐想，虽然这份工作背离了自己的专业，但毕竟是大企业，相对来说工作也要轻松稳定得多，而且文字工作又是自己的特长。最后，她在老板一再挽留下依然跳槽到了那家大企业。

但跳槽之后，秦小姐发现这里的一切都没有想象中的那么好。她的工作内容只是每天写一些企业自我吹嘘的报道，枯燥无聊，很难有什么可以出彩的地方。感觉不能发挥才干的她决定再次跳槽。

目前,跳槽成为商界的流行趋势,许多人的心里都蠢蠢欲动。但是像上例中的秦小姐,显然就成为跳槽的失败者。如果员工在更换工作后不久再次跳槽,这对他们找的新工作会带来不利的影响,所以,大家在跳槽之前一定要慎重考虑,权衡利弊地进行一番比较之后再做出决定,千万不要盲目地跟风。

工作感悟

你是不是一个跳槽狂人呢?如果是,那么你并非是工作上的狂人,而是一个失败者。因为跳一次槽,你就等于重新开始一次,这样注定你将一事无成。

将企业利益放在第一位

如果把企业比作是一条汹涌澎湃的大河,那么企业中的员工就是涓涓细流的小溪。大河要想保持自己的汹涌,就必须依靠千万条小溪日夜不停地流淌。一个企业要想在残酷的商海中挺立,并使自己脱颖而出,不仅要靠老板的英明决策,更要靠员工们的奉献。只有企业发展壮大了,员工才能尽情地展示自己才华、实现个人价值、积累个人财富。

一名优秀的员工首先应该把公司利益放在第一位,无论何时何地,都要最大限度地维护公司的利益,这是每一位员工必须恪守的基本职业道德。

目前,许多企业在用人的时候,首先强调的一点就是"公司利益第一,团队荣誉至上",如果一个人能力再强,却做不到这两点基本的职业道德,这时,公司宁愿用一个能力稍有不及,但是恪守职业道德观的人而不用那个能力很强的人。因为,现代企业生存发展的核心竞争力是以企业文化为基础的,职业道德与员工素质恰是企业文化的重要组成部分。所以,维护公司利益,已经成为判断和衡量员工的基本准则,很难想象哪个企业能够容忍背叛公司的行为。

小赵是某公司成立时第一个进公司的员工,不仅学历高、技术水平高,而且特别机灵,所以从一开始老板就十分器重他。由于公司刚成立不久,规模还很小,公司里的日常工作没有很精细的分工,很多事情都是公司的职员兼顾着做。老板经常派小赵去采购一些办公用品。每当这个时候,小赵心里就喜滋滋的,因为他发现了在工作中隐藏着为自己增加收入的好机会,在感受着老板信任、重视的同时,还经常能从中拿点小回扣。

有一次,公司的宣传彩报设计好后,老板很满意,吩咐小赵马上找印刷厂印出来。在和印刷厂的业务员讲好价后,小赵提出了一个要求,那就是在开发票的时候多写200元钱装入自己的口袋。公司业务不断发展,老板扩大了公司规模,租用了一幢六层楼房作为公司办公场地。老板领大家看楼时,边说着自己的计划边请大家当参谋。小赵在一旁喜不自禁,心里打着自己的如意小算盘:如此大批量购置办公设备,那"好处"……

半个月后,小赵终于等到了老板召见的时刻,心里默默的算计了一下,正是新办公楼购置设备的日子,兴高采烈地小跑着进了老板的办公室。老板请他坐下后,微微笑着说:"小赵啊,我记得你是第一个进入公司的员工,这两年公司发展到今天,你功不可没啊。"

老板这样说,小赵在一旁谦虚地回应着。老板继续说:"公司马上就要鸟枪换炮了,其实你是个很能干的人,老实说我还有点舍不得。"小钱感觉不妙,果然,老板递给他一个装有结清他工资的信封。

最后，老板说："公司经过两年多的时间是发展起来了，所以必须制订一些完善的管理制度，而那些对公司有贡献的员工也应该升职加薪了。对于你的去留问题我十分矛盾，如果你留在公司，肯定要给你一个高层管理的位置，但是我又很担心你是否可靠……所以只能忍痛割爱了。"小赵做梦也没有想到，平日里忙得不可开交的老板竟然对他占公司小便宜的事情了如指掌。

小赵为公司做出了贡献，但是就在公司最辉煌的时候被炒了，离开公司那天，他后悔莫及。

本来小赵有着大好的前途，但是就因为自己的私心太重，在损害了公司的利益的同时也把自己推向了深渊。一个人格健全的员工，始终会把公司的利益放在首位，甚至牺牲个人利益也在所不辞。也许你个人利益得到了满足，那也只是暂时的，从长远而言就是不明智的，要想获得老板和同事的认可和信任的前提必须是对你人格的认可和信任。

巴克莱全球投资公司的首席执行官帕特里·丹恩女士告诉她的员工们："不要为自己盘算。应该仔细想一想怎样做才能真正成为企业里最有用的人。"

🧑‍🤝‍🧑 工作感悟

维护公司的利益，将公司的利益放在第一位，不仅仅有利于公司的发展，更有利于我们自身职业生涯的发展。千万不要因为芝麻而丢掉西瓜。因为只有公司强大了，才能真正地成就你自己。

第五章
工作无小事，细节定成败

在生活、工作中有许多小事，每个人都能做这些小事，但是做出来的结果却大相径庭，这是为什么呢？答案是细节。因为往往细节上的工夫决定着事情的质量和成败。在中国想做大事的人很多，但是能注重细节的人很少，因此最终能办成大事的人实在太少了。而且在工作中的失败，常常不是由什么重大的事故所引起的，而是那些几乎可以被忽略的细节造成的。这些细节在环环相扣的工作中不断地放大，最后就积聚成一个大问题。

因此，不论做什么工作，都应该尽职尽责，重视工作中的小事情和小细节。

工作中无小事

　　工作中的事情好像下棋一样,整盘棋是一件大事,而棋盘中的每一颗棋子就是工作中的每一件小事,每走一步棋都将关系着整盘棋的命运,也许你一步走错,就会造成全盘皆输的结果。工作中所做的每一件事情也是同样的道理,毕竟公司里的大决策、大事情是比较有限的,而绝大部分事情都是一些日常中的小事情。正是由于这些小事情点滴地积累才成就了最后的大事情。

　　比如,士兵每天的工作就是训练、站岗、巡逻,而在最关键的时候才能担起保家卫国的重任;一名服务员的工作就是微笑、热情招待顾客,打扫房间,正是因为她们这不经意的小事,才为酒店带来了火红的生意;一位农民的工作就是种田、除草、收割庄稼,最后才得到了累累硕果。世界上任何工作都没有贵贱之分,只是分工不同而已。也许每个人每天都重复做着同样的几件小事,但是,我们绝不能对此感到疲倦、厌烦、应付,因为,工作中无小事。

　　无论你是多么有能力,多么优秀的人才,在工作的初期都会做一些琐碎的小事。因为没有哪一个企业还没有在充分了解你的工作能力之时，仅凭你的一面之词而对你委以重任。只有通过公司中的一些小事情，才能真正体现出一个人的职业品格，因为一个能把每一件小事做好的员工，那他一定是一个高度敬业，责任心和执行力很强的员工。所以，在工作中千万不要抱着"大事做不了，小事不愿做"的心态而整天浑浑噩噩地混日子，那样会使自己一事无成。不妨认认真真地做着经过自己手里的每一件小事，在这些小事中让自己不断地成长，积累更多、更丰富的工作经验，增长自己的智慧和才干。常言道："大事是由许多件小事组成的，而忽略了小事终究是难成大事的。"正是这个道理。

成功学大师卡耐基说："一个不注意小事情的人，永远不会成就大事业。"

一家著名的国际贸易公司高薪招聘业务人员。在众多应聘者中，有一位年轻人条件最好，毕业于名牌大学，又有 3 年专业外贸公司的工作经验。因此，当他面对主考官的时候显得非常自信。

"你原来在外贸公司做什么工作？"主考官问道。

"做花椒贸易。"

"以前花椒的销路非常好，可是最近几年国外客商却不要了，你知道为什么吗？"

"因为花椒质量不好。"

"你知道为什么不好吗？"

年轻人想了想，说道："那一定是农民在采摘花椒的时候不细心。"

主考官看了看他，说："你错了。我去过花椒产地，采摘花椒的最佳时机只有一个月。太早了，花椒还没有成熟；太晚了，花椒在树上就已经爆裂了。花椒采好后，要在太阳下暴晒一整天，如果晒不好，就不能称之为上品了。近几年来，许多农民图省事，把采摘好的花椒放在热炕上烘干。这样烘出来的花椒虽然从颜色上看起来和晒过的花椒差不多，但是味道就相差很远了。"

"一个好的业务员要重视工作中的各个细节。"主考官说。

这个事例说明,工作中无小事。正是那些小事成就了一个又一个出色而又成功的人。

对于每一个人来说,选择了工作就选择了责任,在工作中我们不仅要认真对待,而且还要注重每一个细节,尽可能把它做到完美。一个能把小事认真做好的员工,体现的不只是他对工作的态度,更重要的是体现了他对生活的态度。只有在小事上愿意下工夫的人,才能在工作中学到比别人更多的知识,才能将自己的才华和智慧在大事到来的时候展现得淋漓尽致,从而走上成功的道路。

菲利普·克劳斯比说过:"一个由数以百万计的个人行为所构成的公司,经不起其中百分之一甚至是千分之一的行为偏离正轨。"也许一个微不足道的细节,就会把整个计划搞砸,就会给整个企业带来灭顶之灾。所以,在工作中我们不要放掉任何一个细节,都要把它当成大事认真地对待它,完成它。

工作感悟

你是否对小事感到厌倦、毫无意义而提不起精神?你是否因小事而敷衍应付,心里有了懈怠?这不能成为你的借口。请记住:这就是你的工作,而工作中无小事。

注重细节,追求完美

荀子在《劝学》里这样说:"不积跬步,无以至千里;不积小流,无以成江海……",可见在很早的时候,人们就很重视细节的问题。

任何事情都是由小渐大,如果连小事情都做不好,大事便成为空想。在工作中,尽管我们必须高瞻远瞩,但实际上,工作都是由一件一件的小事组成的,只有把这些点点滴滴的小事做好了,才能成就大事业。所以,在任何时候我们都要牢记"大处着眼,小处着手"的原则。

而注重细节成就非凡的人物也大有人在,例如,牛顿注意到苹果由树上掉下来这一细节,提出了万有引力定律;弗来明深入思考葡萄糖菌被污染这一细节,发明了青霉素;阿基米德从洗澡水溢出澡盆这一细节获得灵感,发现了浮力定律;沃尔玛公司坚持抓好"降低成本,为顾客省钱"的细节,发展为世界零售业巨子;丰田汽车公司把精细化的生产管理落实到细节之中,创造了辉煌的业绩;海尔公司始终坚持"精细化、零缺陷"的经营理念,使一个亏损企业发展成为世界家电巨头;等等。诸如这样的例子真是不胜枚举。我们不仅要看到这些人物和企业所拥有的光环和辉煌,更应该从他们的成功中吸取有益于自己发展的东西——那就是注重细节,追求完美。

提起汰渍洗衣粉可谓妇孺皆知,而且大家对其产品的口碑也相当不错,不仅去污力强而且味道清香。但是宝洁公司当年推出汰渍洗衣粉,也出现过问题。

当宝洁公司刚开始推出汰渍洗衣粉时,市场占有率和销售额以惊人的速度向上飙升。但是,过了不久,这种强劲的增长势头就逐渐降下来了。宝洁公司的销售人员对此感到特别不解,虽然他们进行过大量的市场调查,但一直都找不到销量停滞不前的原因。

于是,宝洁公司召开了一次产品座谈会。在会上,有一位员工说出了汰渍洗衣粉销量下滑的关键:"汰渍洗衣粉的用量太大。"

宝洁公司的领导们急忙追问其中的缘由,这位员工说:"看看我们的广告,倒洗衣粉要倒那么长时间,衣服是洗得干净,但要用那么多洗衣粉,算计起来很不划算。"

听到这位员工的这番话,销售经理立即把广告经理找来,算了一下展示产品部分中倒洗衣粉的时间,一共 3 秒钟,而其他品牌的洗衣粉广告中倒洗衣粉的时间仅仅为 1.5 秒。

就是这 1.5 秒的细微差别,导致了公司产品滞销的状况和不良的产品形象。可见,在这个注重细节的时代,任何一个细微的细节都会引起消费者的关注,都会导致严重的后果,所以细节是多么的重要。

麦当劳的创始人克洛克说:"我强调细节的重要性。如果你想经营出色,就必须使每一项最基本的工作都尽善尽美。"

一个成功者与一个失败者的区别,往往就是做事细节上的差别。因为没有几个人愿意去做那些微不足道的小事,一心只想着成就大事,往往到最后是一场空,这就是为什么成功的人远远要少于那些没有成功的人。一个人做大事不拘小节,固然是一种积极的处世态度,但是正因为有这样想法造成误大事的事例也屡见不鲜。无论是在工作还是生活中,做事认真仔细,才能把事做得尽善尽美。

那些看不到细节,不注重细节,不把细节当回事的人,他们一定对工作缺乏认真的态度,对工作敷衍了事。这种人没有把工作当作一种乐趣,而只是当作一种不得不做的苦役,因而在工作中缺乏工作热情。他们永远只能做别人分配给他们做的工作,即便这样也不能把事情做好。而考虑到细节、注重细节的人,不仅认真对待工作,将小事做细,而且注重在细节中寻找机会,从而使自己走上成功之路。

工作感悟

一项重大的项目工程,也许会因为某个部门的某个细节出现了一点差错,就可能导致整个工程的失败。因此,我们必须从小处着手,于细微处切入,着眼全局,注重细节,追求完美。

细节带来成功的机会

　　日本一位著名的推销员,在每次上门拜访顾客前有一个很有意思的习惯,即每次都要提前五分钟到洗手间里面,然后把两个指头伸到嘴巴里,把嘴巴扩张,然后对着镜子大声说:我是最棒的,我是世界一流的,我是全世界最棒、最伟大的,我的微笑是最迷人的,顾客很喜欢我……

　　有一次,他去拜访一个老总,在公司的洗手间里,他又开始对着镜子这么大声地说:"我是最棒的……"突然有一个人走进来,那个人看到他投入的样子,就善意地笑笑。到了约见的时间,推销员准时走进老总办公室,他跟秘书说:"我跟你们董事长有约,下午两点见面,现在是一点五十九分五十九秒。"办公室的门打开了,推销员走进去一看,一句话都说不出了,因为他们在洗手间见过。董事长跟推销员说:"先生,你今天来是想向我介绍一些产品吗?""是的,董事长,我现在跟你介绍……"董事长没有等他说下去,董事长说:"不用介绍了,你今天卖的东西我全部买了。"推销员很惊奇地说:"董事长,你都不知道我在卖什么东西呢?"董事长笑着说:"不用介绍了,先生,你在日本很有名呀,你写过书,你在书中说跟顾客见面前要在洗手间里对着镜子练:我是最棒的……我刚才都亲眼看到了。你这个人言行一致,你卖的产品不用介绍,你今天要卖的东西我全部买下来。"

　　细节总是被人们忽略,所以细节往往也最能反映出一个人对待工作的真实状态和一个人的修养。正是因为如此,通过一些小事看人,已经成为评价、衡量一个人的重要方式之一。成也细节,败也细节。一个小小的细节,就可能导致成功与你失之交臂。而那些成功的人士,往往是注意抓住每一个细节,细心做人、细心处世的人,他们在不经意中获得了成功。

"泰山不拒细壤,故能成其高;江海不择细流,故能就其深。"所以,大礼不辞小让,细节决定成败。一个人要获得成功,在做事情时就要比别人更注重细节,更加系统地考虑问题;要比别人更有耐心一些,考虑得更长远一些。

在当今竞争激烈的商业社会中,每一个公司都在努力地扩大自己的规模来适应瞬息万变的社会,而在公司内部,员工的分工也越来越细。在企业中能够决策公司大事的高层领导毕竟是少数的,多数人的多数情况还只能做一些具体的事、琐碎的事、单调的事,也许过于平淡,也许鸡毛蒜皮,但这就是工作,是成就大事不可缺少的基础,也正是这些繁琐的小事才构成了公司那些卓越的成绩。所以,我们要用心留意我们工作中的每一个细节,争取不遗漏一处,做到整个工作的完美。

那些在工作中看不到细节,不把细节当回事的人,他们是不会把工作当成是生命中的一部分去做,顶多是把它看作是维持生命的一个挣钱的工作,所以,他们也无法体验到工作中的乐趣,只是把它当作一种不得不去做的苦役,一副枷锁。因而,他们只会循规蹈矩、按部就班地照着别人的吩咐去做一些事情,即使这样甚至都不能做好。而考虑到细节、注重细节的人,不仅认真对待工作,将小事做细,而且注重在做事的细节中找到机会,从而使自己走上成功之路。

细节的成功,看似是偶然的,其实它孕育着成功的必然。细节不是孤立的存在的,而是隐藏在每一件事情的每一个角落,在关键时刻显示着它巨大的威力。

工作感悟

大事都是由一件件小事积累起来的,如果忽视了小事,日积月累就可能造成大事的损失。

细节决定成败

生活中,我们不能漠视细节的存在,因为细节孕育成功。在生活节奏日益加快,社会分工越来越细的今天,细节显得更加重要。从某种意义上说,生活就是由一个个细节组成的,没有细节就没有生活。我们常常为没有重视某些细节而付出惨重的代价,我们也常常因为重视细节而成功。

在西方流传着这样一个故事:

那是发生在 1485 年的事情,英国国王查理三世准备和兰凯斯特家族的亨利决一死战,以此来解决由谁统治英国的问题。

战斗打响之前,查理派马夫装备自己最喜欢的战马。

马夫发现马掌没有了,于是他对铁匠说:“快点给马钉马掌,国王希望骑着它打头阵。”

“你等一等,”铁匠回答,“前几天,因给所有的战马钉马掌,铁片已经用完了。”

“我等不及了。”马夫不耐烦地叫道。

铁匠埋头干活,从一根铁条上弄下可做四个马掌的材料,把它们砸平、整形,固定在马蹄上,然后开始钉钉子。钉了三个马掌后,他发现没有钉子钉第四个马掌。

"我缺几个钉子,"他说,"需要点时间砸两个。"

"我告诉你我等不及了。"马夫急切地说。

"没有足够的钉子,我也能把马掌钉上,但是不能像其他几个那么牢固。"

"能不能挂住?"马夫问。

"应该能,"铁匠回答,"但我没有把握。"

"好吧,就这样,"马夫叫道,"快点,要不然国王会怪罪我的。"

铁匠凑合着把马掌挂上了。

很快,两军交战了。查理国王冲锋陷阵,鞭策士兵迎战敌军。突然,一只马掌掉了,战马跌倒在地,查理也被掀翻在地上。受惊的马跳起来逃走了,国王的士兵也纷纷转身撤退,亨利的军队包围了上来。

查理在空中挥舞着剑,大喊道:"马!一匹马!我的国家倾覆就因为这一匹马。"

于是,从那时起人们就传唱着这样一首歌谣:"少了一个铁钉,丢了一只马掌。少了一只马掌,丢了一匹战马。少了一匹战马,败了一场战役。败了一场战役,失了一个国家。"

一枚小小的钉子的失误,造成了前功尽弃、满盘皆输的结果。世界上不论是某些国家的灭亡,还是某些大型企业的倒台,有许多并不是因为什么大事件,而是栽到了细节上。

常言道:牵一发而动全身。每一件小事都关联着一件大事,每一件大事都是通过一件件小事得以完成的。如果一个企业是一件大事,那么企业中的每一位员工就是小事,如果哪位员工出现了问题,势必就会造成整个企业的某个环节不能正常运行,而这个环节不能正常运行,与这个环节相关联的其他环节甚至整个企业都无法正常运行。所以,**细节决定成败,无论做什么事情都要重视细节的完美。**

工作感悟

　　在中国,想做大事的人很多,但愿意把小事做细的人很少;我们不缺少雄韬伟略的战略家,缺少的是精益求精的执行者;绝不缺少各类管理规章制度,缺少的是对规章条款不折不扣的执行。我们必须改变心浮气躁、浅尝辄止的毛病,提倡注重细节、把小事做细。

把每件小事做好就不简单

　　海尔总裁张瑞敏说:"把每一件简单的事情做好就是不简单,把每一件平凡的工作做好就是不平凡。"现在很多人都渴望有机会证明自己是优秀的,但是他们却总是停留在梦想的阶段,而不是从现在开始,从自己身边的每一件小事做起,逐渐地证明自己,从而使许多展示自己价值的机会和走向成功的契机都与其失之交臂了。

　　当今,人们再也不用像过去那样,在开始一份工作时,首先从与自己的工作毫无关系的打杂工作做起,比如扫地、擦桌子等小事,这样的目的是把年轻人身上的那些棱角磨平,培养他们的自律精神。而现在,每一个企业的组织结构都相当完善,工作分工也越来越细,一个人从事一份工作,不用从最基本的打杂做起,而是直接进入自己的角色进行工作,但这并不等于你被重视了,你仍然要经过或长或短做小事的阶段。在这个时候,你与其看不起自己的工作,抱怨公司的老板,还不如充分地利用现在公司为你提供的这个环境,磨炼自己的意志,锻炼自己的能力,养成做事谨慎的习惯,为自己的未来做准备工作。

西方有一句名言："罗马不是一天建成的！"因此，我们不论是在做人还是在做事，都要从一些细节小事做起，不断地积累。生活中处处都是细节，只有通过这些细节才能表现出一个人的工作态度。所以，细节虽细，小事虽小，我们也不能忽视。

2005年世界500强榜单揭晓，沃尔玛零售连锁店卫冕成功，连续四年蝉联世界第一。它的成功不是新潮的管理理念，也不是大手笔的商业动作，而是从每一个细节处节约成本，在每一个能够产生利润的地方深耕。

在沃尔玛没有浪费的纸张，一张使用过的复印纸背面，常常会被使用。员工随身携带的工作笔记本都是废报告纸裁成的。办公室十分狭小，开会总是站着。他们的工作站，往往是多功能的：既是经理和主管处理文件的地方，也是所有人到系统里查询数据、打印的地方，也是摆放商品的地方，还是召开部门会议的会议室和人力资源培训的教室。

一个人不怕做小事，就怕连小事也做不好。所以，不管是对于公司，还是个人，最重要的是将复杂的、简单的日常工作做精细、做专业，并持之以恒地坚持下去。

正如汪中求先生在《细节决定成败》一书中所说："芸芸众生能做大事实在太少，多数人多数情况总还只能做一些具体的事，琐碎的事，单调的事，也许过于平淡，也许鸡毛蒜皮，但这就是工作，是生活，是成就大事不能缺少的基础，是决定你命运的关键。"每天面对同一样工作，平凡而又简单，时间长了难免会感觉单调而枯燥。但是把每一件简单的事情做好就是不简单，把平凡的事做一千遍、一万遍，做好就是不平凡。

细节之处造就机遇的出现，只有把细节培养成一种习惯，才会被机遇青睐，才能抓住机遇。任何希望侥幸、立时有成的想法都是要注定失败的。那些太过于自信的理想主义者,总不屑于小事和一些细节,认为自己天生就是干大事业的人是永远不会成功的,因为他们连获取成功所需要的最基本的办事心态都不具备。在现实生活中,你的领导不会因为你小事细节做不好,就认为你是不愿干,或不想干小事,而原谅你、理解你。领导只能是认为你连小事都做不好,根本不可能做大事。你的合作伙伴也会从细节中判断你的态度、工作责任、工作标准、工作能力,从而决定是否同你合作。

在工作、生活、学习中少一些浮躁,多一点沉稳,少一些抱怨,多一份宽容,就会内心平和地、认真地做好简单的小事,为成就大事打好基础。

工作感悟

正是因为人们对小事不屑一顾,小事才会就变得如此重要。细节决定成败,一个人不怕做小事,就怕连小事也做不好。把简单的小事做好就是不简单。

今日事,今日毕

古诗:"明日复明日,明日何其多。我生待明日,万事成蹉跎。"这首诗旨在告诉人们,今天的事情要今天做完,千万不要推到明天做,因为明天还有明天的事情要做,如果长此以往地拖延下去,最后只能是什么也干不成。所以,在生活和工作中,我们都要养成今日事,今日毕,绝不拖延的习惯。

我们经常会发现周边的人或者自己有拖延工作的习惯,比如今天该完成的事情,总会拖到明天再做;现在该打的电话,总要拖到两个小时以后;这个月的工作总结,总要拖到下个月上交。拖延在我们的工作中已经是司空见惯的现象了,不论大事还是小事都会留到明天去处理。

"明天再说吧。"这已经成为职场中许多人的口头禅。在面对一件工作时,往往最先想到的不是"现在"就去完成,而是能不能拖延到明天再说。所以,许多工作没有在规定的时间内完成。如果你永远先想到的是"现在",那么很多事情就会很顺利、很轻松地完成了,如果你常常想着"等等再做吧",那么你注定什么也干不成。

现在,各公司提倡的是高效率地完成工作,而不是看你在工作中有多忙碌,多辛苦。再忙碌,再辛苦,到最后却没有完成工作,那就等于你什么也没有做。所以,在工作中要避免拖拉现象,做到今日的工作今日做,绝不拖到明天做。

有的人比较懒惰、散漫,最突出的表现就是对目标的坚持和时间的控制不到位,计划的事情不能按时完成。今日的事情没有完成,明天的事情照样也无法完成,日久天长,事情就会积累,积累在一定程度上就是拖延,拖延会使一些人更加懒惰、散漫,最后导致颓废、堕落。另一方面,把工作延迟,势必会造成工作量的增加,也会在无形中给自己加大了工作的压力。

有这样一个故事:

一位年轻的女士在怀孕时非常高兴地在丈夫的陪同下买回了一些颜色漂亮的毛线,她打算为自己腹中的孩子织一身最漂亮的毛衣毛裤。可是她却迟迟没有动手,有时想拿起那些毛线编织时,她会告诉自己:"现在先看一会儿电视吧,等一会儿再织。"等到她说的"一会儿"过去之后,可能丈夫已经下班回家了。于是她又把这件事情拖到明天,原因是"要陪丈夫聊聊天"。等到孩子快要出生时,那些毛线还像新买回的那样放在柜子里。丈夫因为心疼妻子,所以并不催她。后来,婆婆看到那些毛线,告诉儿媳不如自己替她织吧，可是儿媳却表示一定要自己亲手给孩子织。只不过她现在又改变了主意，想等孩子生下来之后再织，她说："如果是女孩子，我就织一件漂亮的毛裙，如果是男孩就织毛衣毛裤，上面一定要有漂亮的卡通图案。"

孩子生下来了，是个漂亮的男孩。在初为人母的忙忙碌碌中孩子一天一天地渐渐长大。很快孩子就一岁了，可是他的毛衣毛裤还没有开始织。后来，这位年轻的母亲发现，当初买的毛线已经不够给孩子织一身衣服了，于是打算只给他织一件毛衣，不过打算归打算，动手的日子却被一拖再拖。

当孩子两岁时，毛衣还没有织。

当孩子三岁时，母亲想，也许那团毛线只够给孩子织一件毛背心了，可是毛背心始终没有织成。

渐渐地，这位母亲已经想不起来那些毛线了。

孩子开始上小学了。一天孩子在翻找东西时，发现了这些毛线。孩子说真好看，可惜毛线被虫子蛀蚀了，便问妈妈这些毛线是干什么用的。此时妈妈才又想起自己曾经憧憬的、漂亮的、带有卡通图案的毛衣。

拖延是一个可怕的坏习惯，就是这拖延的习惯让这位母亲到最后也没有亲手为孩子织出漂亮的毛衣毛裤。所以，必须克服拖延的习惯，想方设法将其从你的个性中除掉。

每个企业中老板是最"心急"的人，为了企业的生存与发展，他在要求自己的同时也要求自己的员工对工作要快速出击，如果让他白花时间等待你工作的结果，那么比让他浪费金钱更心痛，因为也许就因为这一分钟的时间就会为公司丢掉一笔大业务，损失也就不是用时间来计算的了。

而一名优秀的员工，在工作中，只要是自己能力范围内的事情总会立刻去做，根本就不会拖延。要想在职场中让自己脱颖而出，就要用高效的时间完成高效的工作，对老板交代的事情要在最短的时间内进行处理,争取让结果等老板而不是让老板等结果。

工作感悟

　　今天的事情今天不做,非得留到明天或以后去做,其实在这个拖延中所耗去的时间和精力,就足以把今日的工作做好。所以,把今日的事情拖延到明日去做,实际上是很不合算的。

重视平凡的岗位

　　平凡并不等于平庸。一个人可以平凡,但不能平庸。埋下头去做一个平凡的人,努力从平凡的小事做起。人的不平凡是孕育在一件件平凡的工作中, 人的高尚情怀体现在一个个平凡的工作岗位上。综观古今中外,有多少人才处在平凡的岗位上。一个人,不论你处在一个什么样的地位,只有牢牢地抓住今天,才可能迎来成功的明天。

　　平凡不是错误,我们每一个人原本都是平凡的,不平凡是在以后的生活和工作中形成的,所以不要抱怨自己平凡的起点。戴尔·卡内基说过:"即使对于看似渺小的工作也要尽最大的努力。每一次的征服都会使你变得更强大。如果你用心将渺小的工作做好,伟大的工作往往就会水到渠成。"每件事都是需要用心去耕耘开始的。生活是自己一手去创造的,对自己所从事工作充满热情的人,不论工作多么乏味枯燥,也不论工作中遇到多少艰难险阻,始终都会以热情的态度去面对, 并尽自己最大努力以最好的结果完成任务。

在我们身边经常会看到有人抱怨自己没有找到一个好的工作岗位,这些人心里总是认为,只有一个好的工作环境才能展现自己的才华,才能成就自己的成功。而那些不被人们重视的平凡工作岗位,注定一辈子平平庸庸,不可能造就出人才。其实,三百六十行,行行出状元。在各行各业平凡的岗位上,同样是人才辈出。

关于李素丽的事迹相信没有一个人不知道,现在的李素丽热线也越办越好,方便了很多人。但是,在李素丽年轻的时候,她的理想是当电视台的一名播音员或者是主持人。所以在参加高考后,她毫不犹豫地报考了北京广播学院,结果遗憾的是,她以 12 分之差与大学无缘。

落榜后的李素丽,当了一名公交售票员。但是她并没有因为售票员的平凡而轻视这项工作。而是认真负责,尽力当好这个车厢里的主持人。

在售票员这个平凡的岗位上,李素丽通过多年的实践和一点一滴的积累,练就了能根据乘客的不同需求,给他们最需要的服务的本领。老幼病残孕,最怕摔怕磕怕碰,李素丽就主动搀上扶下;上班族急着按时上班,李素丽见到他们追车就尽量不关门等他们;外地乘客既怕上错车,又怕坐过站,李素丽不仅百问不烦,耐心帮他们指路,还记着到站提醒他们下车;遇到堵车,她就拿出报纸、杂志给乘客看,以缓解他们焦急的心情;看到有人晕车或不舒服想吐,她会及时送上一个塑料袋;遇到不小心碰伤的乘客,她赶紧从特意准备的小药箱里拿出常备的"创可贴"……

热情真诚地为乘客服务的李素丽赢得了广大乘客的尊敬。从1992 年起,李素丽获得了一连串的荣誉和奖章。这时的李素丽,你能说她比一个播音员或是主持人差吗?

李素丽说,当了售票员以后,她感觉自己既是播音员,又是主持人。"如果你把工作当作是一种乐趣,那么,工作会越做越好。如果你能找到工作的乐趣,那么,再苦再累也是心甘情愿的。"

后来,李素丽组建了"北京公交李素丽服务热线",在北京市首次为百姓出行、换乘车提供 24 小时的交通信息服务。

工作 20 多年,无论在什么岗位上,人们从李素丽身上看到的始终是真诚的笑脸、热情的话语、周到的服务、细致的关怀。李素丽经常说的一句话就是:"认真做事只能把事情做对,用心做事才能把事情做好。"

平凡与不平凡只是同一个事物不同的两个侧面。李素丽从事的公交售票员的工作,可以说是最平凡的工作了,但是她却能够在平凡的岗位上默默无闻、兢兢业业地工作 20 年。可见,一份工作是否平凡,不在于工作的内在性质,而是人们对它的态度。任何平凡的岗位都能出人才、出奇迹、出成果,关键在于你怎么去做。我们要有远大的目标和理想,但是只有一点一滴平凡的工作才能实现我们远大的目标。

成功的事业未必就一定要辉煌灿烂,平凡的岗位也会波澜壮阔。我们都是平凡的,只要每天用心多一点,就可以在许许多多平凡的工作岗位上干出许许多多不平凡的成绩。

工作感悟

虽然你身处平凡的岗位上,但是别忘了平凡的岗位上一样能做出不平凡的业绩。

上班迟到不是小事

上班迟到,已经是司空见惯的事情了,很多人都有上班迟到的经历。对此，有人还专门进行了调查。在为期一个月的调查中，有上万名上班族参与了这次调查。调查结果显示，四成人迟到约 5 分钟，34.5% 的人迟到约 10 分钟，既然大部分人都是迟到在 10 分钟以内，这就说明大部分人迟到是因为上班"卡点"。在调查中发现，有 56.8% 的人表示自己经常卡点上班。而卡点上班就难免会在路上出现一些问题，比如堵车，这是上班迟到的主要原因之一。

其实，这种情况是完全可以避免的，如果我们每天能够早走十几分钟，即使路上出现了一点小问题，也不至于迟到，而且大部分人迟到的时间都在 5 到 10 分钟之间。除此之外迟到的原因也是很多，比如早上不想起床，多睡了一会儿；在家里磨蹭的时间太长；对工作没有积极性等，但是把这些原因归结起来，人们上班迟到最喜欢也最常用而且还理直气壮的借口就是路上堵车了，这个借口就说明不是我不想早到，只是路上堵车我心里着急也没有用啊，恐怕每个迟到者都用过这样的借口吧。

正因为上班迟到是经常发生在我们身边或者自己身上的事情。所以，很多人都把它忽略了，只是认为，不就是晚到几分钟吗？或者是扣一点工资而已。其实上班迟到并非小事，常言道"一寸光阴一寸金，寸金难买寸光阴"、"时间就是金钱"、"时间就是生命"等等，可见时间是多么的宝贵，尤其在这个竞争激烈的社会里，企业越来越要求工作效率，时间的利用率已经成为一个企业生存与发展的重要因素。如果一个连上班这点时间都把握不好的人，肯定是一个不注重细节的人，那么成功也会与他绝缘。另外，上班经常迟到或者经常卡点上班对于职场中的人来说，或多或少都会影响自己在同事和老板心目中的形象。

小陈在公司已经干了三四年了，也算得上是公司资格比较老的员工了。她经常被同事们亲昵地称为"边缘美女"，为什么大家都这样称呼她呢？并不是因为她真的是处在什么边缘，而是因为她经常在踏进公司大门的时候上班的铃声已经敲响了，她已经习惯这样了。

最近一段时间，公司的新主管辞职走了，新上任了一位主管。从此，小陈的麻烦就随着新主管的到来降临了。新主管在开会的时候特意为上班迟到的事情颁布了几条新制度：上班迟到10分钟以内的扣除半日工资；迟到半小时的扣除全天工资；如果迟到半天就取消周末休假。

新制度在公司实行之后，小陈不但没有把它作为公司的制度去认真地执行，而且还是按照原来的上班时间去上班，所以，她就无可厚非的成为新制度的"开拓人"，她接连几天被扣掉了工资。但是她还没有吸取教训，不从自己身上找原因，开始抱怨新主管太无情，还以自己是公司老员工的身份跑到主管的办公室与其进行交涉。主管丝毫没有给她留面子，而是直接质问她："你认为迟到是很正常的小事，是吧？那么你想没想过当你迟到了再走进办公室的时候会不会影响到其他同事的工作呢？你能保证你进入办公室之后能马上投入到工作中吗？你说迟到重要不重要？会不会因为你的迟到而影响了公司的整体效益？"

面对主管严厉地质问，小陈已是哑口无言，顿时感觉非常内疚和惭愧，毕竟自己迟到是不对的。更何况，主管制定这样的制度是针对公司上下的全体工作人员而不是她自己，这也是为公司考虑，整顿一下工作的纪律和作风，无疑是对的。

守时是一种良好的习惯，也是尊重别人的具体体现。如果一个人连最起码的时间观念都没有的话，他做事还会讲求工作效率吗？还会给别人留下好印象和得到别人的信任吗？所以无论在生活中还是在工作中，都要养成良好的时间观念，学会更好地利用时间。

每一个公司为了能够给工作人员提供一个良好的工作环境和工作氛围，从而提高工作的效率，都规定准时上下班时间，并作为公司的一项规章制度约束着每一位员工。如果没有这样的制度，公司内部势必会造成混乱，公司也就不能高效地运营。因此，在每天上班的时候，尽量让自己提前到公司，做一些工作的准备工作，以便在上班时间到的时候能够很快地投入到工作之中。

工作感悟

生命是短暂的，不要因为一些没有意义的事情而浪费生命中宝贵的每一分钟。

即使是小事也要做好

在工作中，所谓的小事，无非就是那些经常见到的、烦琐的、简单的事情。有不少人认为，做小事是成就不了大事业的，所以对小事采取不屑一顾的态度。实际上，我们每个人每天要处理的事情大多是一些平凡的小事。比如，秘书每天的工作就是整理、收发文件，做会议记录，接待来宾等，一名销售人员每天的工作就是约客户，拜访客户，推销产品等，他们做的事情与大事相比较起来实在是太小了，但是正是这些小事才保证了一个企业的正常运营。工作中的小事积聚起来就不算是小事，做好每一件平凡的小事，我们也就不平凡了。通过一件小事，不仅仅反应一个人的工作态度，更反映一个人的工作水平和工作能力。一个能够把每一件小事做好的人，必定能在纷繁琐碎的工作中积累到比别人多很多的宝贵经验，勤于学习，敢于创新，并最终实现自己的人生目标。

要做好一件小事，我们不费吹灰之力就能把它做好，但要做好每一件小事，就不那么容易了；要在短时间内做好一件小事，也很

容易,但要长期做一件小事,就会出现很多差错。做好每一件小事,
不仅是一个人的工作作风,更是一个人对待生活的态度。小事不仅
对个人很重要,对一个集体更重要。一个人要展示自己的完美很
难,因为要把自己的每一个细节都做得完美;但要毁坏一个人却很
容易,只需一个细节不完美,就会给自己带来不可挽回的结果。所
以,每一个人不论是在生活中还是在工作中,都要注重自己身边的
每一件小事,而且把它们做好。

海尔集团总裁张瑞敏说过:"做好一件简单的事情很简单,但
做好每一件简单的事情就不简单。"可见,你要想比别人更优秀,就
一定要在细节小事上下工夫,成功就是在小事中干出大事,在平凡
中成就不平凡。

有一个叫唐纳的年轻人,他的工作是在快餐店里负责煎汉堡。
他每天都很快乐地工作,尤其在煎汉堡的时候,他更是兴趣盎然。
许多顾客对他如此开心感到不可思议,都问他:"煎汉堡是件单调
乏味的事,工作环境也不好,为什么每天你都如此愉快并充满热情
地工作呢?"

唐纳自豪地回答道:"在每次煎汉堡时,我便会想到,如果点这
汉堡的人可以吃到一个精心制作的汉堡,我就能将快乐的心情通
过汉堡传递给他,他就会很高兴。所以我要好好地煎汉堡,使吃汉
堡的人能真正感受到我带给他们的快乐。看到顾客用餐后十分满
足,并且神情愉快地离开时,我同样感到十分高兴,心中觉得自己
又完成了一件重大的工作。因此,我把煎汉堡完全当作我每天工作
的一项使命,尽全力去做好它。"

顾客听了他的回答之后,都非常钦佩他能用这样的工作态度
来煎汉堡。他们回去之后,就把这件事情告诉周围的同事、朋友或
亲人,一传十、十传百,于是很多人都来这家店吃他的"快乐"汉堡。

同时顾客也纷纷把他们看到的反映给公司。公司主管在收到
许多顾客的反映后,就去了解情况。他们也被唐纳这种热情、积极

的工作态度所感动，并认为值得奖励并给予重用。没多久，唐纳便被升为分区经理了。

盖茨有一句话说："每一天，都要尽心尽力地工作，每一件小事情，都力争高效地完成。尝试着超越自己，努力做一些分外的事情，不是为了看到老板的笑脸，而是为了自身的不断进步。"煎汉堡算得上是一件极其枯燥乏味的工作，但是上例中的唐纳却能够把它做得如此出色，就是因为他没有把煎汉堡当成是一件枯燥的小事，而是把它当成自己的事业去做，从工作中寻找乐趣，发现工作中隐藏的意义。

其实，工作是我们生命中不可缺少的一部分，如果我们把它看做是一项快乐的使命而投入自己的热情，那么工作就会变成一份乐趣而不是一件苦差。平凡的是工作岗位，而不是你的工作态度。无论你从事的工作多么卑微琐碎，都不要瞧不起它，只要你能以积极的心态去对待它，它终究会成就你的。

工作感悟

正是由于人们在平时对小事不够重视，所以造成对一些看似简单的工作却做不好。特别是一些自以为是、眼高手低的人，认为自己天生就是干大事的人，对于那些小事不屑一顾，也不想去做，抱着这样的工作态度去工作，当然就不可能做好。时间久了，后果就是大事做不了，小事做不好，到头来只能是虚度光阴，一事无成。

小事成就大事

无边无垠的大海是由无数细流汇合组成的，浩瀚无边的森林是由无数棵树木组成的，平坦辽阔的草原是由无数棵小草组成的，而我们工作中的大事是由无数个小细节组成的。世界上一切事物都是由比它自身小的事物组成的，如果没有那些小事物也就看不到那些大事物。

老子说："天下难事，必做于易；天下大事，必做于细。"每个人都想干大事，但是对于小事却不屑一顾，所以，最后能够成就大事的人很少。我们每天所做的工作，都是由一件一件的小事情构成的，但是不能因此而对工作中的小事敷衍了事，这种行为既是不负责任的态度，也是心浮气躁的表现，抱着这种态度工作的人，终究是成不了大事的。

GE 公司前 CEO 杰克·韦尔奇说过"一件简单的小事情，反映出来的是一个人的责任心。工作中的一些小细节，唯有那些心中装着大责任的人能够发现，能够做好。"在世界知名企业中的优秀员工，他们都有一个共同的特点，那就是能够把工作中的每一件小事做好，能够抓住工作中的每一个细节。如果一个连小事都做不好的人，老板怎么会把大事交付给他做呢？怎么会赢得老板的信任和重用呢？美国质量管理专家菲利普·克劳斯比说："一个由数以百万计的个人行动所构成的公司经不起其中 1% 或 2% 的行动偏离正轨。"在世界商业史上，曾经叱咤风云的企业在转眼之间就灰飞烟灭，研究其失败的原因很大一部分并不是因为什么重大的决策方案的失误，而是败在一些小细节上。个人和企业是一个道理，如果你想成就一番大事业，就必须从大处着眼，小处着手，一点一滴地积累。

2003 年美国"哥伦比亚"号航天飞机在返回地面的途中，着陆前意外地发生爆炸，飞机上 7 名宇航员全部遇难，全世界为之感到震惊。美国宇航局负责航天飞机计划的官员罗恩·迪特莫尔因此而被迫辞职。此前，他已经在美国宇航局工作了 26 年，并已担任 4 年的航天飞机计划主管。

出事后的调查结果表明，造成这一灾难的原因竟是一块脱落的隔热瓦。

"哥伦比亚"号航天飞机表面覆盖着 2 万余块隔热瓦，能抵御 3000 摄氏度的高温，避免航天飞机在返回大气层时外壳被高温所融化。1 月 16 日，"哥伦比亚"号升空 80 秒之后，一块从燃料箱上脱落的碎片击中了飞机左翼前部的隔热系统。宇航局的高速照相机录下了这一过程。

因为一块小小的隔热瓦，竟然毁掉了价值连城的航天飞机和无法用金钱去衡量的七条生命。与庞大的航天飞机相比较起来，几乎是微不足道的隔热瓦竟然成了这场悲剧的元凶，将一切都化为乌有。

在中国古代有这样一个故事：

临近黄河岸边有一片村庄，为了防止水患，农民们筑起了防洪长堤。一天，有个老农偶尔发现蚂蚁窝一下子猛增了许多。老农心想，这些蚂蚁会不会影响长堤的安全呢？他要回村去报告，路上遇见了他的儿子。老农的儿子听后不以为然地说，那么坚固的长堤，还害怕几只小小蚂蚁吗？随即拉着老农一起下田了。当天晚上风雨交加，黄河水暴涨。咆哮的河水从蚂蚁窝始而渗透，继而喷射，终于冲决长堤，淹没了沿岸的大片村庄和田野。

这则小故事就是成语"千里之堤，溃于蚁穴"的出处。一个小小的蚂蚁洞会酿成大患。如果在发现洞的时候不去重视，不去修补，等到成为祸患的时候，恐怕想堵也来不及了。在工作中，细节无处不在，一个企业，一个员工自身的利益与细节密不可分。小事成就大事，细节成就完美。工作中有许许多多这样的细节，别看它们都是一些不起眼的小事，它们却决定着大结果。

工作感悟

一件大事的失败往往是源于小事的疏忽。所以，在工作中没有哪一件小事小到可以被忽视，没有任何一个细节小到可以被放过。

第六章
不找借口,敢于承担责任

　　爱默生说:"责任具有至高无上的价值,它是一种伟大的品格,在所有价值中处于最高的位置。"一个人如果选择了工作,那么他也就选择了责任。因为责任是成功的起点,如果放弃了责任也就放弃了成功的机会。

　　责任是工作在每一个岗位上的员工所必须具备的要素之一,如果失去了责任感,也就失去了工作的意义。

工作中没有任何借口

据美国商业年鉴统计,第二次世界大战后,在世界 500 强企业中,西点军校培养出来的董事长有 1000 多名,副董事长有 2000 多名,总经理、董事一级的有 5000 多名。任何商学院都没有培养出这么多优秀的经营管理人才。"没有任何借口"是西点军校奉行的最重要的行为准则,是西点军校传授给每一位新生的第一个理念。它强调的是每一位学员都应该想尽办法完成每一项任务,而不是为没有完成任务去寻找借口,即使是看似很合理的理由。

没有任何借口的关键在于执行力。执行力就是不为自己设立任何理由,不为自己寻找一切借口,要做就一定要做成,无论如何都要 100%完成任务。因此,在当代人看来,西点人最优秀的地方在于他们不仅仅牢记"没有任何借口",而且善于在不找借口之后"主动工作、完美执行"。

在生活、工作中,我们经常会听到有些人以这样或者那样的借口,为自己没有完成任务开脱,有的人甚至成了找借口的专家,一有机会就会找借口。因为借口可以信手拈来,不用绞尽脑汁地想,

116

只要你愿意使用它，成千上万条理由在那里等着你使用。其实借口就是一种推卸责任的表现，而且对我们的工作没有任何好处。乔治·华盛顿说过："99%的人之所以做事失败，是因为他们有找借口的恶习。"如果每一次任务都用借口来搪塞，日久天长就会养成坏习惯，这种习惯导致的后果就是工作拖拖拉拉，没有效率，不思进取，甚至放弃退缩，终身庸庸碌碌。

对于一名员工而言，服从、执行、协作都是最基本也是最重要的素质。不论是一个企业、一个部门还是一个员工，要完成上级交代给的任务就必须要有较强的执行力。只要你接受了一项任务，那么就意味着你对此做出了承诺，而且必须负责到底，这是不需要任何理由的，它体现了一个人是否能够对自己负责，对工作负责，对企业负责。

在竞争激烈的环境中，如果你经常说"办不到"，或者充满抱怨，或者有不满的情绪，无疑你就已经被归入到失败者的行列里了。寻找借口、推卸责任的话语往往是缺乏主动性的表现，任何事情的完成有一半多是取决于你自己，只要你能够积极地去思考和选择，成功是一定会属于你的。一个优秀员工从来不对任何人、任何事抱怨和不满，而是以忠诚、信任和义无反顾的献身精神，没有任何借口地做好分内之事。

在墨西哥奥运会的马拉松比赛中，坦桑尼亚选手艾克瓦里最后一名跑进奥运体育场，当时天已漆黑。这场比赛的优胜者早就领完了奖杯，庆祝胜利的典礼也早已结束，因此当艾克瓦里一个人孤零零地到达体育场时，整个体育场的观众几乎都走光了。艾克瓦里的双脚沾满血污，但他还是努力地绕体育场一周，跑到了终点。在体育场的一个角落，享誉国际的纪录片制作人格林斯潘远远地看着这一切。接着，在好奇心的驱使下，格林斯潘走了过去，问艾克瓦里，为什么要这么吃力地跑到终点？艾克瓦里轻声地回答说："我的国家从两万多公里之外送我来这里，不是叫我在这场比赛中起跑的,而是派我来完成这场比赛的。"

没有任何借口体现的是一种完美的执行力,任何一个国家、任何一个企业都需要有这样的人民和这样的员工。就好像上例中的那位运动员心里始终明白着一个道理,那就是:即使是最后一名,也要完成自己的使命。

工作感悟

优秀的员工在接受到不管多么困难、多么复杂的任务之后,首先想到的是如何去出色地完成任务,而不是想着怎样去寻找合理的借口。

寻找借口实际上是在推卸责任

寻找借口的实质就是在为自己的工作推卸责任,将自己的责任推卸给别人或者别的事情,从而使自己一身轻。其实,在责任和借口之间,你选择责任还是选择借口,直接映射着你的工作态度和自身品格。人的一生要解决的事情很多,有容易简单的,也有困难复杂的,我们不能因为事情的简单而欣喜,也不能因为事情的复杂而懊恼。无论做什么事情都要本着一种负责的态度去做,而且永远不会对自己说放弃。

美国成功学家格兰特纳说过:"如果你有自己系鞋带的能力,你就有上天摘星的机会!每个人都不是一生下来就会干这干那的,而是在成长的过程中不断历练出来的。"一个人对待生活、对待工作的态度决定了他是否能够很出色地完成任务。要想成就自己，首先要改变自己的心态，否则一切都是空谈。

常言道"责任重于泰山。"一个人如果不愿意承担责任，对工作总是推延，没有激情，缺乏创新，那么他就是一个不称职的员工，这样的员工终究是要被社会无情地抛弃。

那些堂而皇之的借口是推卸责任、拖延工作的温床。这类人经常是在工作的时候慢慢吞吞，得过且过，等到考核工作的时候又常常以各种各样的借口推卸责任。他们在接受任务前就会表现出这种情绪，或者以"我完不成任务""我不会做""我尽量完成"等借口来为自己的承诺减分。

从不推卸责任的员工会主动积极地完成上司交给自己的任务，而且会给自己制订一个详细的工作计划，以最快的速度完成最出色的任务。他们从不会拖延时间，从不会为自己没有完成任务寻找借口。

有这样一个小故事：

有三只老鼠去偷油吃，它们找到了一只很大的油瓶。三只老鼠就偷油问题专门开了个会，会议的结论是：三只老鼠轮流到瓶子上面去喝油。于是三只老鼠就一个踩着一个的肩膀开始叠罗汉，当最后一只老鼠刚刚爬到第二个老鼠的肩膀上面的时候，突然油瓶倒了，并且惊动了人，三只老鼠不得不逃走了。

三只老鼠逃到鼠窝，开始讨论失败的原因。最上面的老鼠说："我还没喝到油。"第二只老鼠在下面抖动了一下，推倒了油瓶。第二只老鼠说："我是抖了一下子，那是因为最下面的老鼠抖了一下。"最下面的老鼠说："没错，我是抖了一下，那是因为我好像听到门外有猫的叫声。"最后三只老鼠找到失败的原因，长叹一声，"啊……原来如此。"没偷到油吃的原因是：猫的责任。

从这个小故事中可以得到，无论在什么时候遇到什么事情，大家的第一反应往往就是把责任推卸给别人，而不是积极主动地分析问题到底出在哪里，怎样才能避免这样的事情再次发生。借口成了有些人的护身符，一旦事情办砸了，就会把责任推卸给别人，然后换得别人的理解和同情。

面对自己的工作，不管喜欢还是不喜欢，都是自己所必须面对的，因为作为一名员工，你应该尽职尽责。这不仅是对工作负责，而且也是对自己负责。

工作感悟

任何的消极、懈怠、抱怨都是不可取的，唯有把工作当作是一份不可推卸的责任担在肩头，全身心地投入其中，才是正确而明智的选择，因为责任感往往创造奇迹。

工作就是一种责任

微软董事长比尔·盖茨说："人可以不伟大，但不可以没有责任心。"

责任是人们与生俱来的，大到对一个国家，小到一个人，我们每时每刻都在履行着自己的责任。所谓责任就是分内应做的事情，也是承担应当承担的任务，完成应当完成的使命，做好应当做好的工作。责任是一种能力，又远胜于能力，责任是一种精神，更是一种品格；责任就是对自己不喜欢的工作，毫无怨言地承担，并认认真真地做好，责任感是衡量一个人精神素质的重要指标。

不管你从事什么职业，处在什么岗位，每个人都有其应该承担的责任,有自己分内应该做好的事情,既然选择了这份工作,就有义务承担这份工作的责任,工作就意味着责任。在工作中有这样几种人,他们对待责任的态度是完全不同的。一种人在自己做错事情之后从来不承认是自己的责任,而且会把责任尽可能地推给别人;另一种人会承认自己犯了错误,但是绝对不承认是自己的责任;还有一种人,会勇于承担责任。

王庆是个退伍军人,几年前通过朋友介绍来到一家工厂做仓库保管员,虽然干的是按时关灯、记得关好门窗、注意防火防盗等琐事,但王庆却非常负责,一点儿也不敢疏忽大意,他不仅每天做好来往工作人员的提货日志,将货物提放得有条不紊,而且还从不间断地对仓库的各个角落进行彻底的打扫清理。

3 年下来,仓库没有发生一起失火失盗案件,其他工作人员每次提货也都会轻而易举地找到所要提取的货物。在工厂建厂 20 周年庆典大会上,厂长按老员工的级别,亲自为王庆颁发了 5000 元奖金。一些老职工对此感到意外,王庆才来厂里 3 年,凭什么能够拿到这个老员工的奖项?

厂长似乎猜到了大家在想什么,于是说道:"你们知道我这 3 年中检查过几次咱们厂的仓库吗?一次没有!这不是因为我不关注这件事,其实我一直很了解咱们厂的仓库保管情况。作为一名普通的仓库保管员,王庆能够始终做到不出差错,而且积极配合其他部门人员的工作,对自己的岗位恪尽职守,真正做到了爱厂如家,我觉得这个奖励他当之无愧!"

我们每一个人都在生活的大舞台上饰演不同的角色。无论一个人担任何种职务,做什么样的工作,他都对他人负有不可推卸的责任,这是社会的基本规律,也是道德的基本要求,还是心灵的自然选择。

责任，是工作出色的前提，是职业素质的核心。一个缺乏责任的人是不可靠的人，一个缺乏责任的组织是注定失败的组织！每个企业都需要有责任感的员工。即使你是一个即将下岗的员工，只要你还留在这个岗位上一天，那么你就有责任去完成自己的工作。也许会有人说，反正我也要走了，干得再多还有什么用呢？其实工作就意味着责任，岗位就意味着任务。在这个世界上，没有不需承担责任的工作，也没有不需要完成任务的岗位。工作的底线就是尽职尽责。

俗话说：人生在世，孰能无过。但是如果能够认识到自己错误，要比逃避责任强 100 倍。因为你选择了一份工作，也就选择了一份责任，也就等于做出了一份承诺。它不仅能够激发我们对工作的激情，而且能够唤醒我们内心的良知。一个有责任的员工，当他遇到困难和挑战的时候，他会爆发出强大无比的勇气和潜力，他心里始终明白，如果自己被困难打倒，公司就会面临着巨大的损失，只有勇敢地面对，承担起自己应有的责任，企业的明天才会更美好。

1920 年的一天，美国的一位 12 岁小男孩在踢足球时不小心将邻居的玻璃打碎了，房子的主人要求小男孩赔偿 15 美元；小男孩无奈之下回家告诉了父母事情的经过，虽然母亲一直为他说情，但是严厉的父亲却说，只是暂时借钱给他去赔人家，他以后自己想法还上。从此，小男孩在学习之余打工挣钱，由于他人小，不能干重活，他就到餐馆帮别人洗盘子刷碗，有时还捡捡破烂，经过几个月的努力，他终于挣够了 15 美元，并自豪地交给了父亲。父亲拍着他的肩膀说："一个能为自己的过失行为负责的人，将来一定会有出息的。"这位男孩就是美国前总统里根，里根回忆往事时，深有感触地说："那一次闯祸之后，使我懂得了做人的道理——承担起自己应有的责任。"

责任心是做好一切工作的保障。你必须为你的行为负责。因为你做出的决定,就理应承担相应的责备和赞美。在工作中,谁都会有失误的时候,关键在于你对失误的态度。如果你只会一味地抱怨别人,而不从自己身上找问题,就会引起周围人对你的不满,这样不仅不利于自己的发展,而且也会影响到自己的人际关系。

每个人的肩上都担负着责任,对工作、对家庭、对亲人、对朋友,正因为有这些责任的存在,才能对自己的行为有所约束。寻找借口只能让我们忘却责任。所以,只要我们不要把借口随时随地地挂在嘴边,尽职尽责地完成自己分内的事情,就是承担责任的具体表现。

工作感悟

选择了一份工作,你就必须为这份工作负责,也许你并没有过人的能力,也没有超群的智慧,但是你不能没有责任,责任是一个员工必须具备的品质,也是公司发展必备的条件,责任高于一切。

逃避责任的员工不是好员工

不论在生活中还是工作中,每个人都扮演着不同的角色,承担着相应的任务,责任伴随着每一个人的一生。

现在社会竞争越来越激烈,在工作和生活中遇到压力、困难、挫折时,有一些人选择逃避,而有一些人选择面对。而逃避是一种消极的心态和一种没有勇气面对挑战的行为。人可以不伟大,可以贫穷,但是不可以没有责任。责任是对自己肩负的使命的忠诚和信守。在工作中,遇到困难,出现失误是经常发生的事情,或多或少地会给企业带来一定的损失,此时,逃避责任是毫无意义,也是极其愚蠢的行为。你必须为自己的行为,为自己的失误勇于承认错误并且承担起相应的责任,并积极地想办法进行补救,将损失争取降到最低。对于责任我们责无旁贷,即使是遇到了很大的困难,我们也不要放弃,因为困难的背后就是成功。

在工作中,总会有一些喜欢逃避责任的员工,但是逃避责任毕竟是一件很不光彩的事情,他们总会为自己的责任找出许多理由,比如说,这件事与我无关,一切都是他操作的;我是根据指示才这样做的,错不在我;我昨天加班太累了,今天工作状态不好,需要休息;等等。总之一句话,这件事情绝对与我无关,我不会承担任何责任的。也许,你为工作的失误主动承担责任的时候,会受到老板的指责和批评,但是在老板心里,谁不欣赏一个主动承担责任的员工呢,他只不过是希望你能够在下次不要再犯同样的错误,把工作做到更好,而这样的员工终究是会得到老板的赏识,并赋予使命的。相反,那些喜欢逃避责任的员工,很难在工作中做出好业绩,时间久了,除了被老板解雇之外,没有任何出路。

20 世纪初,有一位美国意大利移民,他的名字叫弗兰克,经过艰苦的奋斗,他把自己所有的积蓄用来开办了一家小银行。但是天有不测风云,银行被抢劫了,他也破产了,而且储户的存款都没有了。

当他带领着妻子和四个儿女重新开始的时候,他做出这样一个决定,他要用自己的余生偿还储户那笔天文数字的存款。他的亲朋好友都劝他放弃这个决定,因为那不是你的责任,你没有必要偿还这笔巨额存款。但是他回答说:"从法律上来讲,我没有任何责任,但是从道义上讲,我有责任,应该还钱。"

偿还的代价是 39 年的艰苦生活,寄出最后一笔"债务"时,他轻叹:"现在我终于无债一身轻了。"他用一生的辛酸和汗水完成了他的责任,而给世界留下了一笔真正的财富。

　　责任是上天赐给我们每个人的考验,有人经不住考验失败了,而那些经得住考验的人却成功了。要想做一名优秀的好员工就要克服逃避责任的心理。一旦逃避责任成为习惯,就很难改正了。如果一件事真的到了无能为力的地步,很少有人会再去苛求你,勇于承认错误,可以提高一个人的信誉,并有助于自我完善。

　　社会学家戴维斯说:"放弃了自己对社会的责任,就意味着放弃了自身在这个社会中更好的生存的机会。放弃承担责任,或者蔑视自身的责任,这就等于在可以自由通行的路上自设路障,摔跤绊倒的也只能是自己。"一个人如果没有责任感,他不仅仅失去的是别人对他的信任,更重要的是失去别人对他的尊重和认可。所以要想成为一名优秀、出色的员工,那么首先就要学会承担责任,把责任放在第一位。

⚑ 工作感悟

　　你可能长期在平凡的岗位上做着极其普通的工作,但是无论是多么普通的工作,都是企业良好运转中不能缺少的一环,哪一环出现纰漏,对整体利益都有影响。因此,你不能以工作的平凡为理由漠视应该肩负的责任。

承担责任才能创造价值

　　在这个追求个人成功的时代,每个人都想通过自己的工作来实现自己的价值,从而获得事业上的成功。但是轮到具体工作的时候,有的人的表现往往不尽如人意,任务不能出色地完成,效率非常低下,得不到改善,工作的积极性也不高。其实,在生活中,人人都会犯错,事情也不会件件都成功,这是非常普遍的自然规律。但是我们往往看到的是一些人不愿意为这些错误和失败承担相应的责任,经常把自己的责任归咎于别人的身上,这样就给别人留下了很不好的印象。

社会上的每一个人都应肩负着自己的责任,有一颗责任心,工作不仅仅是我们获得成功的途径,更是我们应该承担的责任。勇于承担责任是每一个人必须具备的优秀品质之一。因为它是改变一切的力量,它可以改变你平庸无为的人生,使你变得更加优秀;它可以帮你赢得别人的信任和尊重,巩固你的人际关系;它可以左右你的思想,使你的人格更加完善。它是你走向成功的铺路砖,只要你对任何事情都能承担起责任,勇于承担责任,你就不用再为自己的平庸而悲叹,终有一天它会帮助你大展宏图。

美国总统小布什在就职演说中有这样一段话:"正处于鼎盛时期的美国,重视并期待每个人担负起自己的责任。鼓励人们勇于承担责任,不是让人们充当替罪羊,而是对人的良知的呼唤。虽然承担责任意味着牺牲个人利益,但是你能从中体会到一种更加深刻的成就感。"

在企业里,要想赢得机会就必须勇于承担责任。因为在利益化的商业时代,员工的道德已经和能力被企业看得一样重要,甚至更胜一筹,领导也越来越欣赏那些敢于承担责任的员工,因为只有这样,领导才能放心地把重大的事情交代给他去处理。而员工在处理这些事情,完成这些任务的同时,使得自己的才智得到了充分的发挥,潜力不断地被挖掘,也使自己的能力有了不断的提高,为公司创造的价值就越来越大,自己的事业也就不断地向前发展。

小刘和小王同在一家快递公司，由于公司内部的一次调整，他们被分为工作搭档。但是，就在他们合作不久后，一件事情却改变了两个人截然不同的命运。事情的经过是这样的：一次，小刘和小王负责运送一件很有价值的老古董。到了交货地点后，小刘把这个邮包递给小王的时候，小王却没有接住，而小刘以为小王接住了，就松手了，让他们都感到心惊的事情发生了，老古董掉在地上摔碎了。

在回到公司之后，小王趁小刘不注意的时候，悄悄地来到了老板的办公室对老板说："这件事和我没有任何关系，是小刘不小心弄坏的。"随后，老板就把小刘叫到了办公室，问他："小刘，这到底是怎么回事？"小刘低着头把事情的原委都告诉了老板，最后小刘说："这件事是我们失职，我愿意承担责任。"老板明白整件事之后，就让他先回去工作了。

后来，老板把小刘和小王叫到了办公室，对他俩说："其实，古董的主人已经看见了你俩在递接古董时的动作，他跟我说了他看见的事实。我也看到了问题出现后你们两个人的反应。我决定，小刘留下继续工作，用你赚的钱来偿还客户。小王，明天你不用来工作了。"

在责任面前任何狡辩都是徒劳，因为任何责任都必须有人去承担，也许你一时的借口骗过了老板，但是事情的真相会很快浮出水面，到那个时候恐怕就连后悔的机会也没有了。人们往往在遇到要自己承担的责任之后，心里就充满了恐惧感，因为这和受到惩罚联系在一起，所以就像上例中的小王一样，把全部的责任都推给了同事一个人去承担，来换取自己的轻松，最后却把自己推向了万丈深渊。如果你能够把责任承担下来，领导会佩服你的勇气，欣赏你的果敢。在同等条件下，你的机会就会比别人多很多。

工作感悟

我们需要每个人恪尽职守，去做自己应当做的事情，担负起自己应当承担的责任，这样的社会才能走向繁荣富强，这样的企业才会蒸蒸日上。

不要只做领导吩咐的事情

那种听命行事的员工是企业所需要的，但是个人主动进取的精神更为重要。在市场竞争日益激烈的现代，老板有大量的工作要做，不可能把每一件事情都给你安排的妥妥当当再吩咐你去做，而是希望自己的下属能够在工作中发现问题，思考着自己去完成。

任何一个公司里，总会有一些闲着无事可做的人，当问其原因时，他们总会冠冕堂皇，一脸无奈地说："您安排的事情我已经做完啦，现在已经没事可做了。"他们每天都是在被动地做着领导安排的一些工作，当干完这些事情之后，似乎一切都完成了，要么坐在那里玩游戏，要么就呆呆地等着下班，从不去主动寻找一些自己力所能及的工作去做。然而，在新经济时代，昔日那种"听命行事"的员工已经失去竞争优势了，今天企业欣赏的是那种不必老板交代，就自动自发工作的人。

无论你在哪里工作，你的老板是谁，也不管你从事的是什么工作，你的老板都不会希望你坐待指令，而是要运用自己最佳的判断和努力,为了公司的发展而把事情做好。积极主动的工作精神,不是别人强迫要求,而是自己为自己制订的准则。如果你对自己的期望要远远高于老板对你的期望,那么你就永远不用担心自己会有失业的一天,因为,你正是公司所欣赏和需要的人才。

闻名世界的美国钢铁大王卡耐基说:"有两种人注定一事无成,一种是除非别人要他去做,否则绝不会主动做事的人;另外一种人则是即使别人要他做,他也做不好事情的人。那些不需要别人催促,就会主动去做应该做的事,而且不会半途而废的人必定成功,这种人懂得要求自己多努力一点多付出一点,而且比别人预期的还要多。"

在一般的情况下,老板很少主动明确要求员工去工作,但是你应该明白,老板雇用你是为了工作,是为了给公司创造价值,所以,你应该随时都思考着与工作有关的事情,去做一些不用老板命令的工作。工作中没有人会告诉你需要做什么事,这都要靠你主动思考,自动自发地工作,需要你付出比别人多得多的智慧、热情、责任、想象力和创造力。当你清楚地了解了企业的发展规划和你的工作职责,就能预知该做些什么,然后马上行动,不需要老板吩咐。

老板都喜欢那种积极向自己汇报工作,能够在工作中发现问题并能够很好地解决问题的员工,更看重一个能够吃苦耐劳,承受工作压力强的员工。老板是一个企业的决策者与领导者,他对公司里所有的事情不可能了解得面面俱到。因此,一个能为老板分担工作的员工自然会受到重视,委以重任。一个善于主动去做老板没有吩咐的工作的员工,应该这样描述自己的职责的:"在这个不断变化的世界里,我有责任为改变我自己以及我所在的公司和社会尽力。这意味着我必须考虑到他人和我自己的各种行为与对策的长远后果。我必须努力争取双赢。我所在的公司把我看成是一个值得信赖的员工,一个能够大胆直言、提出问题和提供建议的人。虽然我正式的工作职责中并不包括这部分内容。"

千万不要认为只要准时上下班、不迟到、不早退就是尽职尽责，就可以心安理得地去领工资。工作需要的是一种自动自发的精神、自动自发工作的员工，将获得比工作所给予的更多的奖赏。

我们应该明白，那些每天早出晚归的人不一定是认真工作的人，那些每天忙忙碌碌的人不一定是优秀地完成了工作的人，那些每天按时打卡、准时上下班的人不一定是尽职尽责的人。对他们来说，工作仅仅是一种简单的交易。然而，对每一家企业和每一个老板而言，他们需要的绝不是那种循规蹈矩办事，却缺乏热情和责任感，不能够积极主动、自动自发工作的员工。

当你明白这样的道理以后，就主动去做你应该做的事情吧，不要等你的老板和上司来安排你的工作，自己的命运自己做主，当你全力以赴地做好你的工作的时候，你将得到最高的回报。

工作感悟

竞争的激烈、节奏的紧张、变数的繁多，要想在企业中找到自己的一席之地，就要积极主动地去做事，就要求员工不能事事等待老板的吩咐。

真正的负责是对结果负责

一个对工作真正负责的人，当他接受一项任务之后，他不会仅仅对整个过程负责，而是对整个任务的结果负责。因为他明白完成任务并不等于完成结果。任务只是一个执行假象，因为我们绝大多数的人在实际工作中，当你以为自己是在执行任务的时候，其实是在完成任务，因为你还没有结果！

我们经常会遇到一些看似自己无法完成或者无法胜任的工作，甚至这些工作根本就不适合自己去做，但是老板却在那里等待着结果。在这种情况下，很多人都会选择逃避责任，总以一些自认为很恰当的借口为自己没有得到结果而开脱。例如这项工作根本就不在我的工作范围之内，这项工作有点难度，我还没有找到合理的解决办法，这个是某某负责的等一大堆理由。但在你逃避、排斥这样的任务之时，是否想过，正是因为这些责任的磨炼才可能成就自己事业的巅峰，那些成功的执行人才，都是具有很强责任感的人。因此，当责任来临的时候，请背负起责任，对自己负责。

有一个小和尚在寺庙担任撞钟一职，半年下来，觉得无聊至极，自己的工作只不过是"做一天和尚撞一天钟"而已。

有一天，住持宣布调他到后院劈柴挑水，原因是他不能胜任撞钟一职。

小和尚很不服气地问："我撞的钟难道不准时、不响亮？"

老住持耐心地告诉他："你撞的钟虽然很准时，也很响亮，但钟声空泛、疲软，没有感召力。钟声是要唤醒沉迷的众生，因此撞出的钟声不仅要洪亮，而且要圆润、浑厚、深沉、悠远。"

小和尚为什么不能胜任撞钟一职，通过住持的几句话我们就心知肚明了。因为小和尚只是把撞钟当作一项任务去完成，虽然也有结果，却没有达到唤醒沉迷的众生的效果，所以，这个结果相当于什么都没做。因此，不论做什么事情，都要用心去做，不要只是为了应付老板才去做，你对工作负责就是对结果负责而不是对过程负责，没有哪个人愿意看你做的过程如何，即使你的过程很不理想，但结果却出奇地好，那么你就已经很成功地完成了任务；但是，如果你做的过程相当完美，结果却并不理想，那么你所做的一切都是徒劳。

企业的老板都有这样一个相同的观点：希望自己的员工对结果负责。他们常常为那些只为自己的行为过程负责的员工感到烦恼。在一个环节上出现的一个很小的失误，如果当场解决的话，浪费的财产可能是 1 美元，否则，当这个失误影响到结果的时候，造成的损失至少是 1000 美元。所以领导总是愿意找那些具有"寻求结果"倾向的人，因为这些人一旦认识到眼下的行为对结果不利，就能够迅速地改变做事的方法。

如果要任务，那么我们多半得到的是借口，因为完不成的借口有成千上万，欲找借口，何患无辞？如果要结果，那么我们多半得到的是方法，企业绝大多数的工作都不是攀登珠穆朗玛峰，怎么可能办不到？办不到是因为你不执着！

三星开发笔记本电脑要比索尼公司晚得多。但是现在三星的新产品活力十足，新品不断，然而索尼的新产品却是"千呼万唤始出来"。

当年，索尼的笔记本电脑因为设计精巧而在市场上很畅销。三星公司为了与索尼公司的经典产品一比高下，决心开发出比索尼 Vaio 更轻、更薄的新款笔记本电脑。

于是，三星高层要求研发人员按照比索尼公司同类产品"薄至少 1 厘米"的高标准来努力。尽管，这在当时看来，几乎是一个不可能完成的任务，但是三星的研发人员经过多次反反复复的实验与提高，还是实现了这个看似不可能完成的目标。

当时主攻技术创新的陈大济，带领研发团队接受了这项艰巨的任务。当初，也正是全球经济不景气，其他企业纷纷减缩研发经费之际，而陈大济和研发人员们勇敢地承担起责任，并没有因为"这是不可能完成的任务"而放弃努力。

因为他们知道，如果实现不了比索尼产品"薄至少 1 厘米"的结果，三星笔记本电脑就超不过索尼，就没有三星的强大！对结果负责,对公司的责任感,让三星的研发人员不断克服技术难题,成功地实现了在别人看来不可能实现的结果。

当全球最大的计算机公司戴尔看到三星的这些产品后大吃一惊,赶紧派人到三星采购。为此,三星还顺利从戴尔手中得到了160亿美元的采购合约,使三星一下成为全球高端笔记本最大的企业之一。

工作感悟

对结果负责的人,就是对自己负责的人。所有成功的人,他们只有一个共同的特点,那就是对自己负责!

主动承担责任

任何人都不希望自己在工作中出现这样那样的失误或者错误,但是"人非圣贤,孰能无过",我们都是普通人而不是神仙,在人生中,不论做什么事情都有可能犯错,都是不可能避免的。但是,犯错并不可怕,可怕的是犯了错之后还执迷不悟,将错就错,以至于落到最后无法收拾的地步。所以,与其逃避责任,还不如勇敢地、主动地去承担责任,这样既消除了自己内心的恐慌与不安,也弥补了错误的损失,从而赢得别人的肯定。

每个地方都可以看到一些失业者,在与他们进行交流工作感悟的时候,无一例外的都会充满抱怨、痛苦和诽谤。说老板是一个吝啬鬼,只知道让员工干活而不给加薪;说同事能力太差,无法与其合作等,把大量的时间都用在了诽谤他人、对他人说三道四上,却很少从自身找原因,即使出现了错误之后,也会把所有的责任推到别人身上,好像此事与自己一点关系也没有似的,这样的人在公司是最不受欢迎的。而且时间久了,对于公司和老板来说,这样的员工已经变得没有一点用处,结果只能是悻悻离开。因为,每一位老板都想雇佣一个能够助自己一臂之力,为公司的发展添砖加瓦,奉献自己的聪明才智的员工,而不是一个没有一点作用,只会逃避责任的员工。

一个人对待错误的态度直接可以映射出他的敬业精神和道德品行。面对错误,聪明的员工是绝对不会推卸责任的,而是勇敢的承担其责任,对错误进行认真地调查分析之后,尽自己做大的能力去弥补错误,争取将公司所面临的损失降到最低或者没有,处处会为公司的利益着想。而缺乏责任感的员工,不会视企业的利益为自己的利益,也就不会因为自己的所作所为影响企业的利益而感到不安,更不会处处为企业着想。这点也正是优秀和平庸最显著的差别之处。

一家销售电脑的公司里,老板吩咐三个员工去做同样的一件事情:去供货商那里调查一下电脑的数量、价格和品质。

第一个员工去了5分钟就回来了,他并没有亲自去调查,而是向下属打听了一下供货商的情况,之后就回来汇报给了老板。30分钟之后,第二个员工也回来了,他亲自到供货商那里了解了一下电脑的数量、价格和品质。第三个员工过了90分钟之后才回来做汇报。原来,他不但亲自到供货商那里了解了电脑的数量、价格和品质,而且还根据公司的采购要求,把供货商那里最有价值的商品做了详细的记录,另外他还去了两家供货商那里了解了一些情况,并把三家供货商的情况做了详细的比较,并制定出了最佳的购买方案。

结果,第二天公司开会,第一个员工被老板当着大家的面就训斥了一顿,并得到了警告,如果下次再犯这样的错误,公司将马上开除他。第三个员工因为对工作负责，当然得到了老板的赞赏和奖励。

老板都知道自己需要什么样的员工，哪怕你只是一个默默无闻、很不起眼的小职员，只要你能够担负起自己的责任，那么你就是老板最需要的员工。一个人一生中经历的大事毕竟是很少的，而一点一滴的小事正是衡量一个人做事是否有责任的一把标尺，也是考核一名员工是否有责任意识的一个重要方面。我们应该具备一双睿智的眼睛去发现责任，去积极主动地承担责任。在承担责任中体现自己的忠诚，使自己获得更多的认可和信任，进而实现自身价值。

社会学家戴维斯说："自己放弃了对社会的责任，就意味着放弃了自身在这个社会中更好生存的机会。"同样，如果一个员工放弃了对公司的责任，也就放弃了在公司中获得更好发展的机会。只要你是公司中的员工，就应该为自己犯的错误抛开一切借口，全身心地投入到自己的工作中并为其承担所有的责任。

工作感悟

在工作中，出现错误是难免的。然而在面对错误时，有的人虽然知道错了，却没有勇气去承认，或者把错误的原因推卸给别人。只有极少数人敢于站出来承认自己的错误，承担相应的责任。

第七章
在工作中提升自己的价值

　　每一个人在刚步入社会开始自己的第一份工作之时，不可能对自己所从事的工作了如指掌，而是通过在工作中不断地学习，积累工作经验，渐渐地提升自己的能力的。因此，在工作中提升自己是每一个人都必须做的事情。只有在工作中掌握了更多的技能，学习了更多的知识，积累了丰富的工作经验，才能使自己适应这个瞬息万变、竞争激烈的社会，才能使自己在社会上有立足之地，不被淘汰。

在工作中找准自己的位置

有这样一则故事：

有两只老虎，一只在笼子里，一只在野地里，笼子里的老虎三餐无忧，野地里的老虎自由自在，它们互相羡慕对方的自由或安逸，最后两只老虎决定互换位置。但不久两只老虎都死了。一只因饥饿而死，一只因忧郁而死。从笼子里走出的老虎获得了自由却没有获得捕食的本领，走进笼子里的老虎获得了安逸却没有获得在狭小空间生活的心境。

这个小故事旨在说明，在生活中每个人必须根据自己的实际情况来选择自己的生存原则，在工作中也要根据自己的工作性质而正确地选择自己的位置。不要羡慕别人的生活或者工作，因为别人的生活和工作也许正是自己的坟墓。

正如鸟儿自由自在地飞翔在天空中，天空就是它的位置；骏马驰骋在广袤的草原上，草原是它的位置；鱼儿游摆在清溪，清溪是它的位置,正是因为它们找准了自己的位置才使自己潇洒自如。工作也是如此。一个人在工作中最重要的恐怕就是要找准自己的位置了。因为只有找准了自己的位置,才能明确自己的工作内容、工作范围和工作性质,也才能更加了解自己的工作,自然也就明白了自己在工作中应该承担什么样的责任和后果。

有一家公司有一段时间业绩很差,员工们脸上很少有笑容。老总体恤下情,组织了一次郊游。有人带了毽子,大家围成一个圈左右踢传,没两三下便有人踢偏,所有人一拥而上,结果撞得人仰马翻,毽子却如失羽的鸟,"啪"地掉进草丛里。接二连三,屡试屡败。结果谁都不承认是自己的错。让大家挨个单独踢,人人都能轻轻松松踢几十下,甚至踢上百下的高手也大有人在。有人灵机一动,拖了一个人到圆圈中央去,毽子一旦出险,让其立即冲上前救援。这一招果然有效,连续踢的纪录上升到了几十下。

郊游结束了,返程的路上大家若有所思:所有的圆周,都需要圆心,它是一点与另一点的援臂桥,不单单是衔接好每一个环节,更重要的是随时紧盯,查缺补漏,这个位置不可或缺。一个同事说:"领导是必需的。"另一个同事说:"但最重要的并不是他的才华和能力,而是……"经理慢吞吞地接口:"他的位置和责任。"众人相视而笑。

这次郊游对公司的震动很大,公司上上下下都明白了一个道理:在工作和生活中,每个人都要找准自己的位置,并承担起这个位置的责任。许多人找不准自己的位置,自然也就不明白自己的责任,就像踢毽子一样,你越努力,结果越糟糕。从那以后,公司进行了一系列调整,人人都确定了自己的位置,个个都明白了自己的责任,公司的效益直线上升。

每一个公司里,总会有一些人找不到自己的位置,他们也是每天准时上班,但是到了公司之后,除了领导安排工作之外,总感觉无事可做。像这样的人，肯定不会在自己的岗位上干出什么惊天动地的大事业，只是一个木偶式的"按钮员工"。

在工作中找准了自己的位置也就意味着承担了责任。如果在团队中，每个人都有自己的位置，承担起属于自己的责任，这样职位空缺和责任空白就会减少，谁犯下的错，谁就去承担责任，就不会出现推卸责任的情况，当然责任划分清楚了，也就没有理由做不好了。

工作感悟

其实我们的一生就是一个不断寻找自己位置的过程：生活中的位置，工作中的位置，家庭中的位置……只有找准自己的位置，个人价值才会得到实现，人生也才是有意义的。

为自己"充电"势在必行

时代在进步，知识的更新速度也在加快，要想让自己不落后于别人，紧跟时代的步伐，唯一的途径就是要不断地学习，为自己"充电"。在这个人才济济、知识大爆炸的时代，实力和能力的打拼也是越来越激烈，谁不学习，谁就会被淘汰出局。

在职场中，有些人以为只要自己身处这个职位就高枕无忧了，从来不去想通过学习提高自己的能力和实力，只是一味地抱怨公司和领导对自己不够重视。其实问题就在自身，如果你经常学习加强自己的业务水平，不断掌握行业中最新的知识，了解行业的发展方向，让自己的知识储备能够满足工作岗位的需求，游刃有余地完成公司的每一项任务,这样你就不必担心你得不到老板的赏识,也不要怕得不到公司的重用。

小张很不满意自己现在的工作,愤愤地对朋友说:"我的老板一点不把我放在眼里,改天我要对他拍桌子,然后辞职不干。"

朋友建议道:"君子报仇十年不晚,公司是免费学习的地方,建议你把公司业务完全搞通,甚至很小的故障都会及时排除,既出了气,又有收获,然后再辞职不干。"

小张听了朋友的建议,从此默学偷记,收获颇丰。

一年后,那位朋友偶遇小张,问道:"你现在大概都学会了,准备拍桌子不干了吧?"

"可是近半年来,老板对我刮目相看,不断加薪,并委以重任,我已成为公司的红人了!"

"我早就料到的!"他的朋友笑着说,"当初老板不重视你,是因为你能力不足,又不努力学习;而后你痛下苦功,工作能力不断提高,当然会令他刮目相看。"

当今,能够拥有一份好工作很不容易,要想在这个岗位上站稳脚跟就更不容易,如果你在工作中不去努力学习提高自己,即使你是公司的四朝元老,就算你是博士或博士后,但不能胜任自己的工作,不能为公司带来利润,那么也是无济于事的。不学习就会缺乏知识,缺乏了知识就意味着在竞争中失去了资本。综观那些从平凡走向不平凡的人,他们都是在工作中注重培养自己的学习能力,靠不断地学习解决工作中遇到的一个个难题,最终让自己发出耀眼的光。

全球第一女CEO,惠普公司董事长兼首席执行官卡莉·费奥瑞纳女士是从秘书工作开始职业生涯的,她是如何提升自我价值,一步步走向成功,并最终从男性主宰的权力世界中脱颖而出的呢?答案就在不断的学习中。

她说:"不断学习是一个CEO成功的最基本要素。这里说的不断学习,是在工作中不断总结过去的经验,不断适应新的环境和新的变化,不断体会更好的工作方法和效率。我在刚开始的时候,也做过一些不起眼的工作,但我还是从自己的兴趣出发,找最合适的岗位。因为,只有我的工作与我的兴趣相吻合,我才能最大限度地在工作中学习新的知识和经验。在惠普,不只是我需要在工作中不断学习,整个惠普都有鼓励员工学习的机制,每隔一段时间,大家就会坐在一起,相互交流,了解对方和整个公司的动态,了解业界的新的动向。这些小事情,是能保证大家步伐紧跟时代、在工作中不断自我更新的好办法。"

人一生下来很少具备很强的能力,大家几乎都是从同一个起点开始的,而那些成功的人都是在后天的环境中不断地学习积累经验走向成功的。随着市场竞争的加剧,对知识的要求也是越来越高,而且知识的更新换代也越来越快。所以在未来的社会中会出现两类人:一类是忙得要死的人;另一类是找不到工作的人。所以,作为一名员工无论你处在一个什么样的阶段,学习的脚步都不能稍有停歇,要把工作视为学习的殿堂。只有这样你才能适应这个社会,永不失业。

工作感悟

如果你现在还抱着有了工作就万事大吉了的态度,那么你就处在了一个很危险的位置上了。在知识经济时代,知识的更新换代太快了,如果不去学习,就会落后,就会被淘汰。

让自己成为不可替代的人

在竞争越来越激烈的今天，你可以在许多方面平平庸庸，但你必须至少在某一方面很出色，拥有一些自己有而别人没有的资源，只有这样你才可能成为企业中不可被别人替代的人，你才可能躲过裁员的风暴。当然，我们这里所说的资源就是自己所从事工作的专业知识。

当今社会分工越来越细，要想成为一个什么都精通的全才实在是太难了，同样，社会要求的也是一个团队的合作精神，只有合作才能成功，那些看起来什么都会一点，却又什么都不精，什么都做不好的员工，你胜任的工作是任何人都可以做的工作，那么这就意味着你随时都有被别人替代的可能。所以，不论自己处在什么工作岗位都要有自己独树一帜的过人之处，使自己成为该岗位上的专才，使自己不可被替代。

如果你从事的是传媒行业，你就是那个最敏锐的发现者；如果你是一位资深的编辑或者记者，你的点子出来就是满堂彩；如果你在事业单位，你写的发言稿就不用再修改；如果你是一名司机，你就得有一流的驾驶水平；如果你是一名打字员，你就必须把文件打印得又快又好……这些都是你成为不可替代的人的资本，是你过硬的专业知识。

成功大师拿破仑·希尔博士曾经说过："专业知识是这个社会帮助我们将愿望化作黄金的重要渠道。也就是说，你如果要想获得更多的财富，就应不断学习和掌握与你所从事行业有关的专业知识。不管怎样，你都要在你的行业里成为第一等的专才。只要这样，你才可以鹤立鸡群,出类拔萃。"

那么怎样才能使自己成为一个不可替代的人呢?唯一的办法就是不断去学习,充实自己,提高自己,让自己的知识储备能够跟得上企业和社会的需要。现代企业对于那些不愿学习的员工是很残酷的,因为企业不可能让你拖住发展的步伐。所以,员工增进自己的工作技能势在必行,它关系到每一个人未来的生存保障,否则就会被时代淘汰。

为了适应这个时代的变化,每一个人都有着自己的生存方式,表现在企业里,就是不同的员工有着不同的工作能力。但是最重要的不是你具有哪种工作能力,而是你所具有的能力,是否是你的老板和你的企业不可缺少的。

从本质上来说,这个世界上只有两种人不可被替代,一种人是某一领域的最强者,另外一种人就是创新者。前者无人能敌,后者则永远走在了别人的前面。不管你是否成为了某一方面的最强者,或是创新者,你都需要证明,你为老板创造的价值,远远大于老板向你支付的薪水。

世界瞬息万变,而学习也没有止境。未来的职场已经不再是知识和专业技能的竞争,而是学习能力的竞争,一个人如果善于学习,乐于学习,那么他的前途肯定是一片光明,因为只有在不断学习中为自己充电,才能让自己更了解所从事行业和职位的最新资讯,实时地根据最新的职业要求,补充自己的技能。

🧑‍🤝‍🧑 工作感悟

在这个时代,如果你没有掌握一项别人没有掌握的技能,在各方面只是平平庸庸,自己可以干的活,别人照样可以干,那么你就随时可能被别人代替。

不断创新，为公司增值

在竞争激烈的国内外市场中，企业要保持不败之地，主要取决于经济实力、竞争力和生产劳动率，但更取决于创新能力。创新能力不但决定着一个员工的命运，同时也决定着一个企业的命运。员工的创意为公司带来的价值是无法估量的，所以说，一个公司拥有了具有很强创新能力的员工也就赢得了市场。

一个好的创意，可以让一个濒临破产的企业起死回生，能让一个默默无闻的企业名声大噪，还能让一个成功的企业独占一席。所以，现在的企业都很重视员工创新能力的培养。

创新能力并不是那些发明家的专利，我们每个人都拥有创新思考的能力，只是我们不善于抓住这种创新的机会，没有捕捉到创新的灵感。其实，在生活、工作中，只要我们细心观察，认真思考，深入分析，创新就在我们身边，每一个创新都是源于现实生活的。

一时的创新是不够的，创新是一个循环反复的过程，尤其对一家企业来说，更要"日日新，月月新"。很多企业都在随着时代的改变而改变，今日的不变就会造成明日的毁灭。对于我们企业员工来说，同样要不断地进步，每日进步一点点，一年下来，必定会变成一个全新的自己。因此，创新靠的是不断超越的精神，当我们的工作已经做得很好了，是否可以做得更好；我们在某个方面已经卓有成效了，在另一方面是否也可以有所改善。如此这般，乐此不疲地做下去，每日自省，每日更新，不断地创新，不断地超越。

创新意识是一种永不满足的追求，也就是说，现在企业员工的创新意识是同其强烈的成就欲望和事业心密切相连的。只要我们在生活中学会变化思维地看问题,抓住每一个可能创新的细节,经常去积极思考,我们就一定会成为具有创意的优秀人才。

日本东芝电器公司曾在 1952 年的时候积压了大量的电扇,7万多名职工为了打开销路,搜肠刮肚地想了很多办法,但是最后也没有解决问题。

有一天,一个小职员想到了一个办法——改变电扇的颜色。当时,全世界的电扇都是黑色的,没有人想过要把电扇做成其他颜色的,这一建议引起了东芝董事长的重视,经过一番深入的研究,公司采纳了他的这个建议。

在第二年的夏天,东芝推出了一批浅蓝色的电扇,没想到市场上掀起了一阵抢购热潮,几个月之内东芝就卖出了几十万台电扇。从那以后,日本乃至全世界的电扇都不只是一副黑色的面孔了。

思维是人类最为本质的特征,是人类活动的源头,也是创新的源头。有了创新思维,人类社会才能不断地进步。但是人类的思维常常会被一种特定的东西所局限,或者存在着某种障碍,所以要想发挥自己的创新能力,就必须突破局限。只有创新,社会才能继续向前发展,企业才能不断发展壮大,个人才能走向成功。

工作感悟

知道事物应该是什么样,说明你是聪明的人;知道事物实际是什么样,说明你是有经验的人;知道怎样使事物变得更好,说明你是有才能的人。不断超越,培养自己的创新意识,不久你就会成为公司最需要的人才。

做一个聪明好学的员工

　　微软在招聘时，颇为青睐"聪明人"。这种"聪明人"，并非在招聘时就已经是某一方面的专家，而是一个积极进取的"学习快手"。一个能在短时间内，主动学习更多的有关工作范围知识的人，一个不单纯依赖公司培训，主动提高自身技能的人。

　　所以，比尔·盖茨引以自豪的并不是自己拥有的财富，而是他那些出色的员工。他的理想是把全世界那些最优秀的计算机人才网络到自己的部下，让他们去创造那些人们难以想象的美好未来。而微软的成功也正是离不开那些聪明好学的员工。

　　在工作中，领导总是偏爱那些聪明而又好学的员工，就好像老师总是喜欢那些聪明好学的学生一样。对于公司而言，拥有聪明好学的员工就等于拥有了旺盛的生命力，这些员工能够为企业带来更多的创新能力，这就相当于企业拥有了不断发展的原动力。

　　但在现实中，往往会有很多聪明的人，一生却做着平庸的事。因为，他们虽然天分很高，却没有意识到自己应该在工作中不断学习进取，只是每日为了薪水而工作，注定一辈子总是平平庸庸。虽然每一个公司聘用员工的初衷都是希望他们能够很好地完成任务，但是他们更看重的是一个会思考、爱学习的员工，只有这样，公司才能不断地创新，才能取得更大的效益。

　　塞尔玛利特是美国的一名科学家，在小的时候，因为家境贫寒，所以没有读很多书，而是直接进入工厂做了一名车工。在当时看来，一个未满15岁的孩子当车工并非是一件简单的工作。刚开始他是一窍不通，但是他特别勤奋，从来都不愿错过任何一个学习的机会。渐渐地，他成为一名技术娴熟的车工。可是，他并不满足于现状，而是对生产机器产生了兴趣，并发现了其中的诸多不足。他决定通过自己的努力改变这些不足。经过数十年如一日的奋斗，塞尔玛利特不但成为一名非常有名的工程师，还是一个拥有多项发明的科学家。而他在自我评价时说："天生条件很差，知识比较缺乏，我取得的成就完全是靠自己积极进取。但是，这至少说明我具有发明创造这方面的潜能。我通过积极地创造，将这些才能淋漓尽致地发挥出来了。"

知识经济的到来，新技术、新产品不断开发，人们的工作性质也发生了变化，传统的知识和经验已经无法再胜任现在的工作。同样，企业对人才的要求也越来越高，没有学习能力的人很快就会被市场淘汰。所以要想做企业中的一名好员工，就要做一名好学生，无论你过去的工作经验多么丰富，专业知识多么过硬，那只代表你的过去，在知识折旧率非常高的今天，员工要想保持工作能力就必须持续地学习。

一个人没有经验不可怕，没有能力不可怕，没有钱，没有职位都不可怕，只要他愿意学习，从学习中提升能力，从学习中积累经验，从学习中创造财富，在学习中提高自己，那么一切问题都可以迎刃而解。所以未来的员工是学生。如果你真的能做一名好学生，那么你的上司、你的领导者也会特别愿意教你知识，帮你成长。因为每一个老师都希望他的学生变得很优秀，如果你是一位好学上进的学生，那么一定会遇到耐心教育的老师。

在勤奋和好学的基础上，员工也自然而然会在实际工作中产生新思路、新做法，这样的员工才称得上是优秀的员工，才不失竞争力。

工作感悟

聪明才智不在于知识渊博。我们不可能什么都知道。聪明才智不在于尽量地多知道,而在于知道最必要的东西,知道哪些东西不重要,哪些东西根本不需要。

勤奋才能创造业绩

凡事勤则立,惰则废;勤则兴,惰则衰。在古代,就有很多流传至今关于勤奋好学的故事,值得让我们现代人借鉴学习。如,苏秦"悬梁刺股"、匡衡"凿壁偷光"、车胤"萤入疏囊"、孙康"雪映窗纱"、祖逖"闻鸡起舞"等等,勤奋最终让他们都成就了一番伟业。

勤奋是一种精神,以勤奋为精神,以勤奋为风貌,以勤奋为斗志,热爱和忠诚于我们的事业、我们的岗位。倘若一个人既希望收获,又不愿付出;既渴求成功,又不愿努力。那么,这种希望、渴求与期盼永远不可能成为现实。世间的任何辉煌都由勤奋铺就,没有勤奋就没有辉煌。在人才济济、竞争激烈的今天,勤奋尤显重要。

然而,现在有的人总喜欢为自己的懒惰寻找这样那样的借口。他们每天看似忙忙碌碌,似乎总有干不完的工作,实则,他们在忙碌的过程中有很多时候是在做着工作以外的事情,本来一个小时就可以完成的工作,却要用两个小时来完成,难道这能借口说是工作难,时间不够吗?

如果你只是把工作当成是一件不得不去做的事情,每天浑浑噩噩、得过且过地应付着,从来不把工作当作自己的事业,当作自己生命中有意义的一部分去做，那么你脑海里再伟大的构想也终归是海市蜃楼、空中楼阁，成功永远也不会垂青于你。当然这样对待工作的员工，是令老板最头疼的员工，老板也会毫不犹豫地把你排斥到加薪和晋升的行列之外。

也许你没有丰富的工作经验，也没有超人的智慧，能力也不及他人，但是只要你有勤奋的精神，为自己的工作付出了艰辛的努力，总有一天，你会成为最优秀的人才。

冯刚就是靠着自己的勤奋而获得事业上的成功。他目前是杭州市一家建筑公司的副总裁。而在几年前，他只是一名在工地上很不起眼的送水工人。当其他送水工人把水桶搬进来，一边抱怨薪水太少，一面悄悄地躲在一边抽烟的时候，而冯刚却给每一位工人的水杯里倒满水，并利用一切可以利用的时间来了解和工作有关的情况，替他们做一些力所能及的事情。结果，两个星期后，他就当上了公司的计时员。已经是计时员的他，依然非常勤奋，每天第一个到工地的总是他，最后一个离开的还是他。他的勤奋，使他对建筑工作的每一个流程都非常地熟悉，连工地上最有经验的工人也经常向他请教。现在，他已经成为公司的副总，他依然特别专注于自己的工作。他经常鼓励大家学习和运用新知识，还经常拟定一些计划，画草图，向大家提出各种好的建议。只要给他时间，他可以把客户希望他做的所有事情都做好。

人们常常用薪水来衡量自己做工作的多少，认为公司给我多少钱，我就做多少钱的活，做得太多了公司也不会为自己加一分钱，那样自己会很亏。所以，如果能偷懒就偷懒。还有人认为，只要自己每天完成自己分内的工作就可以了，至于公司里的其他事情，自然会有别人去做，再说，公司是老板的，那些与自己工作无关的事情就是老板关心的。抱着这样的心态，即使你很有能力，很有才华，但是不去在实践中运用，最后也会被埋没。

因此,只有勤奋才能够创造出出色的业绩,也只有勤奋的人才有资格享受成功后的喜悦。勤奋工作是一种等待,是一种积蓄,只有这样,在关键时刻才能让自己大放光彩。

工作感悟

世界上,懒惰的人取得成功的例子几乎为零,而那些成功的人没有一个不是勤奋的。只要勤奋,才能从工作中发现问题,才能在不断解决问题的过程中学到更多不曾学到的知识,才能积累丰富的经验,最终一举取得成功。

失败是你的财富

有这样一个故事:

国内某大公司招才纳贤,应者云集。其中大部分是高学历、多证书、有相关工作经验的人。

经过三轮淘汰,还剩下 11 个应聘者,最终将留用 6 个。因此,第四轮总裁亲自面试,将会出现十分"残酷"的场面。

奇怪的是,面试考场出现 12 个考生。总裁问:"谁不是应聘的?"坐在最后一排的一个男子站起身:"先生,我第一轮就被淘汰了,但我想参加一下面试。"

在场的人都笑了,包括站在门口闲看的那个老头子。总裁饶有兴趣地问:"你第一关都过不了,来这儿有什么意义呢?"男子说:"我掌握了很多财富,因此,我本人即是财富。"

大家又一次笑得很开心，觉得此人要么太狂妄，要么就是脑子有毛病。男子说："我只有一个本科学历，一个中级职称，但我有11年工作经验，曾在18家公司任过职……"总裁打断他："你的学历、职称都不算高，工作11年倒是很不错，但先后跳槽18家公司，太令人吃惊了，我不欣赏。"

男子站起身："先生，我没有跳槽，而是那18家公司先后倒闭了。"在场的人第三次笑了，一个考生说："你真是倒霉蛋！"男子也笑了："相反，我认为这就是我的财富！我不倒霉，我只有31岁。"

这时，站在门口的老头子走进来，给总裁倒茶。男子继续说："我很了解那18家公司，我曾与大伙努力挽救它们，虽然不成功，但我从它们的错误与失败中学到许多东西；很多人只是追求成功的经验，而我，更有经验避免错误与失败！"

男子离开座位，一边转身一边说："我深知，成功的经验大抵相似，很难模仿；而失败的原因各有不同。与其用11年学习成功经验，不如用同样的时间研究错误与失败；别人的成功经历很难成为我们的财富，但别人的失败过程却是！"

男子就要出门了，忽然又回过头："这11年经历的18家公司，培养锻炼了我对人、对事、对未来的敏锐洞察力，举个小例子吧——真正的考官，不是您，而是这位倒茶的老人……"

全场11个考生哗然，惊愕地盯着倒茶的老头。那老头笑了："很好！你第一个被录取了，因为我急于知道——我的表演为何失败？"

失败磨炼人的意志，反过来，坚强的意志使强者战胜了失败而获得成功。任何工作都是如此，只有在失败中，你才能学到真正的本领，才能为自己以后的职业生涯铺平道路。

失败是一笔巨大的财富，我们同样可以在别人的失败中学到教训。由于每个人，每个企业都处在不同的环境中，所以他们的经历也不尽相同，即使他们失败了，这也是不可多得的经验。因为我们经历过失败，并从中认真地分析失败的原因，在以后的工作中就会避免此类失败的发生。

可以肯定地说，没有人喜欢失败。因为，失败大多是一些令人痛苦的经验，甚至是让你的人生受到重创的体验。然而，无论是什么人，一生顺利且从未尝过失败滋味的人，估计是不存在的。不管你有多伟大，多么不同凡响，只要你是一个人，只要你是一步一步地走着人生之路，那么你就或多或少地经历过失败，只不过是轻重程度不同而已。

人们常说失败和成功是一对孪生兄弟，失败是成功之母。可见失败是我们人生中的必修课。成功往往青睐失败过的人，成功是失败的恩赐，不断从失败中走出的人要比从成功中走出的人辉煌得多。

工作感悟

"失败是成功之母"，"不经历风雨，怎能见彩虹"，这些短语都说明失败并不可怕，只有经历过失败的洗礼，才能享受成功的喜悦。因此，当失败降临的时候，我们要勇敢地去面对，从失败中找出原因，继续为目标奋斗，而不是从此一蹶不振。

把工作当作事业来做

每个人在工作之初，起跑点总是相同的，但是在经过若干年之后，有的人会成为企业的骨干，在工作中如鱼得水；而有的人却平平庸庸，原地踏步。为什么会出现这种情况呢？这其中当然有个人能力和工作经验的因素,但是最主要的还是对待工作的态度,有些人在工作中缺少热情和执着, 只是把自己所从事的工作当作了一种职业,认为工作是每天必须做的,是自己生存的一种工具而已,至于在工作中学到了什么,工作完成的结果怎样,从来不去考虑。因此,在该岗位上只能是平平庸庸。而那些在工作中干得很出色的人,他们不仅仅是把工作当作一种职业去做,更是把它当作自己的事业在做。

职业和事业有什么不同呢? 职业是参与社会分工,利用专门的知识和技能,为社会创造物质财富和精神财富,获取合理报酬,作为物质生活来源,并满足精神需求的工作。事业则是一个人生活的追求,也是一个人生活的意义与目标。职业是通过工作获得相应的报酬,而事业则是以主人翁的精神全身心投入到工作中,并为实现自己人生价值而做出的不懈努力。

如果你是一个企业的老板, 一定希望自己的员工和自己一样把工作当成是自己的事业去奋斗,去努力。所以,一个能将自己工作当成自己事业的员工,一定是一个值得信赖的人,一个老板乐于雇佣的人,一个能成为老板得力助手的人。因为只有在工作中具有了主人翁的意识,才会积极主动地去工作,才会有把自己的工作当作自己事业的理念。如果一名员工能够像老板那样思考企业的问题,不但能够使企业在竞争中稳步前进,同时也能使员工自身的能力得到快速的提升,可谓是一箭双雕的好事。

老板都希望自己的员工能将自己的工作当成自己的事业,并且能在实际工作中远远高于自己的期望,如果你能够全面地了解老板的心理,把工作当作事业去做,那么,你就能成功地把握住老板对员工的期望,顺利地得到老板的信任和重用。

很多人都把自己的事业理解成自己创业开公司, 其实这是一种片面的想法。在我们身边能够从一份普通的工作中成就自己事业的名人事例不胜枚举,例如微软大中华总裁唐骏,唐骏的成名在于他不仅仅是打工皇帝，更为重要的是他激励了更多管理精英加入职业经理人的行列，并且把职业当作自己的事业来经营。

下面看看华人首富李嘉诚的故事，他也是从一名打工者开始自己事业的。

在李嘉诚14岁的时候，他父亲去世了，他决定挑起家庭生活的重担。但是由于年龄太小，找到一份工作很难，经过很长一段时间的努力奔波，他终于找到了一份在茶楼跑堂的工作。这是他人生中的第一份工作。他知道，只有把这份工作当作自己的事业去做，才可能学到更多的东西和得到更多的回报。他每天工作得很勤奋，表现也非常地出色，很快就成为茶楼里最勤快的伙计。因为在茶楼里经常接触各色各样的生意人，他们经常坐在一起谈论生意上的事情，而李嘉诚一边打工一边听这些人的谈话，这为他日后发展事业积累了一份宝贵的人生经验。

如果自己只把自己定位成一个打工者，那么在工作中就缺乏了激情和动力，在工作中也学不到很多有益于自己发展的宝贵经验，最终也成就不了自己，一辈子只能是一个打工者；而那些把企业当成是自己的，把工作当成是自己奋斗追求的事业，不仅学到了知识、经验和技能，更重要的是成就了自己的辉煌。

今天的成就归功于昨天一点一滴的积累，而明天的成功则依靠今天脚踏实地的努力，如果一个人愿意像经营自己的事业一样来经营自己的工作，那么成功也就近在咫尺了。所以，无论你从事的工作是多么的卑微不起眼，都不要漠视和忽视那些属于自己的或者不属于自己的工作，因为不管什么工作都可以锻炼你的工作能力，丰富你的工作经验，如果你重视了这些，那么就相当于在自己的脚下埋藏了一颗种子，随时准备着生根发芽。

工作感悟

如果能人尽其材，物尽其用，那么这个工作就有可能被当作事业来对待。也就是说，要把工作当事业，前提就要把人放到适合的位置上。

想别人想不到的，做别人做不到的

如今，商业经济的竞争越来越激烈，一个企业如果在运营的过程中，有一个很小的环节出现差错，都有可能导致整个企业的崩溃，所以企业要想在竞争中胜出，就必须拥有自己的优势。怎样衡量一个企业是否在市场上占据优势呢？可以用三句话来概括：想别人想不到的事，算别人算不清的账，做别人做不到的事。只有以小事为突破口，在细节处下工夫，在别人没有注意到的地方做文章，你才能有与别人竞争的优势。

王小姐是一家大型公司的顶尖业务员，为公司创造了近千万的营业额，她之所以这么成功，是因为她经常注意到被对手忽略的事情。

有一次，王小姐通过朋友的介绍，认识了某大企业的董事长。通常人们都会认为，大企业的董事长一定很傲慢，所以要见他，必须要耐心地等待，等到哪一天董事长有空了才能见到他的面。

王小姐也明白这个道理，她细心观察这位董事长平日的动向及消息，终于功夫不负有心人，她发现一件事：这位董事长非常尊敬长辈。

于是,王小姐来到这位董事长的家进行拜访,正好董事长有事外出,家里只剩下董事长的母亲。如果换成是别人,发现董事长不在家,就会马上离开,再等待机会。但是王小姐没有这么做,她留在董事长家里与其母亲聊天,而且两个人聊得非常投缘。王小姐抓住这种好机会,经常抽时间去董事长家里与其母亲聊天拉家常,老人家也非常喜欢王小姐。

过了一段时间,王小姐因为业务忙,到董事长家的时间少了。董事长的母亲对董事长说:"我很想念那位王小姐,你叫她来我们家好不好?"

孝顺的董事长立刻拨电话给王小姐,而王小姐因为得到董事长妈妈的喜爱,进而受到了董事长的信任,业务也就得以顺利地开展。

这个故事告诉我们:如果你想成功,就去想别人想不到的事情,如果你发现了机遇,就千万别让它轻易地溜走。

要想在职场中获得成功就必备两个法宝:敢想和敢做。想别人不曾想,不敢想,不愿想的事情;做别人不曾做,不敢做,不愿做的事情。俗话说:"敢想是银,敢做是金。"只要你已经准备好了想和做,那么就付诸行动,成功不久就会如期而至。

海尔集团总裁张瑞敏说了一席很有新意的话,他说:"别人想不到的事,海尔人必须做得到,这就叫创造市场。我们的目的不是挤进去分现成的蛋糕,而是要做出一块新的蛋糕,甚至可以独自享用。"

目前,在国内的彩电市场,商品可谓是琳琅满目、丰富多彩。而且竞争也越来越白热化,众多企业都为销售业务拼得你死我活。以个性化赢得市场的海尔彩电针对蒙古族消费者的特殊需求,在行业内率先推出了具有显示蒙文功能的彩电。此款彩电刚一亮相，就在内蒙古自治区内引起不小的轰动，许多消费者纷纷打来电话，咨询这款彩电的功能，而且就连当地的报社、电视台在得知此消息后，也立即刊登了这款能为蒙古族人民生活带来方便的产品上市的消息。蒙文彩电的推出，进一步地提升了海尔彩电在当地的美誉。据了解，目前我国有近五百万蒙古族人，而蒙古国、俄罗斯等国也有近五百万蒙古族人，由此看来，蒙文彩电的市场潜力非同一般。

无数事实证明，一个企业只有做到"别人想不到，我却做得到"，别出心裁地拿出"与众不同"的营销高招，才能出奇制胜、赢得先机，从而使一个个潜在顾客变为现实顾客，在别人尚未想到的地方闯出新天地。

创新是一个不老的话题，创新也并不是少数天才人的专利，每个人都拥有创新的能力，只看你自己愿不愿意。在工作中，那些因循守旧、缺少创新精神的员工，一味地认为，创新是老板的事情，与自己无关，而自己只是做好分内的事情即可。显然，这种员工只能一辈子在自己的工作岗位上默默无闻，很难有多大的起色。

工作感悟

只要你敢想别人所不敢想的，做别人不敢做的，只要你有不断创新的能力，那还等什么？企业正需要你这样的人才。

第八章
团队的力量坚不可摧

  团队合作就是竞争力。随着市场竞争的日益激烈，企业更加重视和强调团队合作精神，以争取更大的效益，而且，任何企业，不论大小，都需要团队的合作才能在世界上站稳脚跟。虽然在一定程度上团队的合作与领导者的决策有关，但是，高效的团队主要还是团队成员之间共同努力的结果。

  作为一名优秀的员工，他相信团队合作能产生奇迹，并且总是致力于创造团队合作的奇迹，总会在团队中找准自己的位置，积极主动地与团队成员协作，为了共同目标，为了创造团队奇迹而奉献自己。

充满集体荣誉感

　　集体荣誉感是对集体的热爱、对身边人的关心，这是一种积极的心理品质，是激发人们奋发上进的精神力量。集体荣誉感是集体凝聚力的来源。我们不能说没有集体荣誉感就没有集体，但我们肯定的是没有集体荣誉感会导致集体走向分崩离析。所以，现在不论是在学校、机关还是企事业单位，都把集体荣誉感作为一项很重要的培训课程。

　　在市场经济条件下，企业之间的竞争也越来越激烈，每个企业所面临的压力也越来越大，所遇到的工作也越来越复杂；而这些复杂的工作，是一个员工根本无法完成的，必须是在企业中很多人相互协助、相互帮助、相互配合下才能完成，因此，员工之间的团队意识就显得非常重要。如果一个团队没有很强的集体荣誉感，团队中每一位员工都按照自己的思想和观点完成自己所从事的那一部分工作，即使所有的成员都完成了自己的任务，结果对于公司来说还是没有完成任务，这样就会给企业造成毁灭性的灾难。所以，集体荣誉感是团队成员之间相互信任、相互沟通、相互协作的纽带，没有集体荣誉感的团队就好比是一盘散沙,没有任何凝聚力,最终分道扬镳。

在这个讲求合作的时代,一个人要想成就自己的事业,单枪匹马注定是不可能的,正如,一滴水就算有再大的本领也推动不了帆船,挽救不了禾苗,只有融入到大海中才能让帆船自由地航行,只有融入到小河中,才能使禾苗重现生机。与此道理相同,一个人要想成功,就必须融入到团队之中,只有在团队合作的基础上,才能使自己的才能和智慧发挥得淋漓尽致,才能最大限度地实现人生的自我价值。作为团队中的一员,就要时刻保持着集体荣誉感,以集体的荣耀为荣,以集体的耻辱为耻,集体的利益就是自己的利益。只有心中充满了对集体荣誉的敬仰,你才会有一颗感恩集体的心,才会有成就的满足感,才会更加懂得珍惜今天所拥有的一切。

任何企业都是一个特殊的团队,每一项工作都要求员工具备集体荣誉感,比如,你是一名软件程序员,面对一个庞大的系统,你不可能一个人完成,而且在完成后必须进行测试,否则就等于功亏一篑,在这个任务中就需要团队的协作和沟通,随时要把每个人所完成的工作进行测试;如果你是一名编辑人员,你就要和作者建立良好的合作关系,只有这样才能准确无误地把握作者的真实意图,找到一篇稿件有价值之处;如果你是一名记者,那么你必须与天南海北的同事进行合作,才能以最快的速度了解世界各地的最新资讯。任何行业,如果没有集体也就没有个人,每个人都生活在集体之中。

工作感悟

在集体利益和个人利益发生冲突之时,个人往往都是有私心的。必须时常告诫自己:我生活在一个集体中,如果集体利益受到损害,那么个人利益也就无从谈起了。

记住自己是团队中的一员

雷锋说过:"一滴水只有放进大海里才永远不会干涸，一个人只有当他把自己和集体事业融合在一起的时候才能最有力量。"一滴水要想使自己永远都不干涸，那么唯一的办法就是让自己融入浩瀚无边的大海之中。这就好像企业的一个员工要想在自己的岗位上干出一番成绩，就必须融入公司的团队中去。当今孤军奋战的时代已经结束了，只有团队的竞争力才能决定一个企业的未来。所以，只有整个公司的成员协作起来，才能顺利地完成最终的目标，同时在完成任务的过程中，每一位员工的才能和特长才能被发挥出来，自己的价值才能在团队中得以体现。

在工作中，我们不再是一个单纯的生命个体，而是一个整体，一个团队。即使你是整个团队中的主力，你也不可能单打独斗，必须融入团队中，因为只有团队作战才会使你的才能充分发挥出来。

一个企业要发展，不可能仅仅依靠一个人的力量，而是要靠大家的力量去共同努力，来实现公司的发展。我们每一个人要想在社会中生存，就必须找到适合自己的职业，而不管你从事何种职业都会有一个特定的团队，因此，只要你是该团队中的一员，你就应该抛开任何借口，投入自己的忠诚和责任，处处为团队着想。因为团队的成败、荣辱已经与我们自身的利益息息相关，团队的成功就是我们的成功，团队的失败就是我们的失败。

小章是国内一家知名大企业的员工。在上大学的时候，他是学校里的才子，专业精通，才华横溢。在毕业的时候，他在学校的大力推荐下进入这家企业。但是，令人百思不得其解的是，高材生在进入公司不到半年的时间就被解雇了。

究其原因，由于这家企业规模很大，内部可谓是人才济济，每一位员工都很优秀。公司每周都有一次例会，让大家在一起讨论公司的计划。在每次的例会上，小章总是夸夸其谈，把自己的想法和计划尽最大努力展现给领导，全然不顾自己只是一个刚从学校里出来还没有多少社会和工作经验。因为他觉得，在学校他是公众人物，大家都崇拜他，在这里他也是一个人才，大家都不及他。

公司里一些经验丰富的老员工所提出的建议，都会被他反驳得一无是处，刚开始的时候，老板还特别欣赏这位年轻人的大胆和勇于表现自己的精神。但是在采纳了几条他提出的建议之后，发现他只是个好高骛远，空谈理论，自以为是，没有实际工作能力，除了老板，把谁也不放在眼里的人。

由于在公司里，他初来乍到，又如此张扬地表现自己，导致在同事中的口碑很差。同事们都承认他有一定的工作能力，但是他太把自己当回事，太不把别人放在眼里了，不能听取那些有经验的同事的意见，跟大家格格不入。于是，在一次次的创意被否定之后，上司不再欣赏和信任他，他的那些抱负最终都难以实现。

公司是一个团队，这个团队又给了我们一个工作平台，给了我们精神的寄托，给了我们生活的保障。因此，我们没有理由不把团队当成自己最重要的一条生命线。没有了团队这个平台，我们就会像断线的风筝，诚惶诚恐，飘浮不定，任由风儿把我们吹来荡去。同样，在这个讲求团队合作精神的时代，老板也绝对不能容忍和重用一个不能融入团队中的员工。因为一个人的能力再强也难以支撑一个公司的发展。所以，要时刻记住自己是团队中的一员，只有通过团队才能实现自己的价值和目标。

工作感悟

团队成员只有对团队拥有强烈的归属感，强烈地感觉到自己是团队的一员，才会真正快乐地投身于团队的工作之中，体会到工作对于人生价值的重要性。

懂得分享，不独占团队成果

有这样一个小故事：

有一群猴子，发现一个高高的悬崖顶上有一串熟透了的果子，悬崖太陡峭了，仅仅靠一个猴子的力量是无法摘到果子的，于是猴子们团结起来，一个踩着一个的肩膀，搭起了"梯子"，这样，最上面的猴子摘到了果子。

摘到果子的猴子忘记了自己之所以能摘到果子完全是大家团结合作的结果，独自在悬崖上大嚼起来，丝毫不理会下面的猴子，下面的猴子生气了，撤去了"梯子"，最上面的猴子吃完了所有的果子，却怎么也找不到下来的路，最后饿死在悬崖上。

在大家合作的情况下，最上面的猴子摘到了果子，本来这是大家共同努力的结果，但是最上面的猴子却起了私心，把大家共同努力得到的成果占为己有，独自享用满树的果子，把大家的努力忘得一干二净。这样做也许短期内得到了好处，但是从长远来看就会付出很大的代价。

在企业中，我们也会经常看到像最上面的猴子一样的员工。当

163

团队在完成任务的过程中，大家相互配合、相互信任、相互帮助，共同克服在工作中遇到的阻碍和困难，一旦任务完成之后，总会有人抢头功，把大家共同努力合作的结果据为己有，在领导面前炫耀自己，以此来获得领导的赏识和重用。也许领导会暂时被你的花言巧语蒙蔽。但是，每个老板都是精明的，肯定会在私下进行一番调查，一旦这样的行为被揭穿之后，那么这样的员工在老板的心里就已经被打入了冷宫，在适当的时机会被逐出团队。对于团队其他成员来说，你霸占了大家努力劳动的成果，势必会引起其他人的不满和愤怒，甚至出现不必要的纷争，导致团队内部分裂，影响企业的生存和发展。所以，当你是团队中的一员，就要学会分享劳动成果，个人的发展离不开团队的支持，团队的壮大也离不开个人的努力，只有相互依存，才能起到双赢的局面。

如果公司的销售额翻了三番，却只有销售人员得到奖励，那么就很可能出现物流部说无法及时送货、财务部说无法及时开票的情况。所以，获得奖牌的足球队，每个人都会上台领奖，包括从未上场的替补队员。团队是一个整体，缺少了哪一部分，都无法称之为团队，也许有的员工在团队的成果中没有做出直接的贡献，但是也不能把他遗忘，也许正是他的某一个环节才促使了整个工作的顺利完成。

迈克尔·乔丹在结束自己的篮球生涯时说："别人总是说，我站在篮球世界的顶端，每当听到这样的赞美，我都感到恐慌。因为我取得的所有成绩都是和队友们以及教练一起努力的结果，还有赞助商以及支持、鼓励我们的球迷们，荣誉属于我们每一个人，我只是很幸运地作为代表，一次次地领取奖杯。"是啊，如果在篮球场上没有众多队友的相互配合，乔丹的能力、技巧再强恐怕在对方的进攻中也不能发挥，正是因为队友的配合，才使得乔丹一次又一次的胜利；如果没有广大球迷们的支持和喝彩，即使你做得再好，那也只是自己和自己演的一场戏，毫无意义，正是因为有了球迷们，才

使得乔丹和队友们获得如此的荣誉和成功。

一个人无论什么时候，都不可能单枪匹马获得成功，只有和别人组成集体，并融入到团队中才能发挥自己的才能，取得最终的胜利。

工作感悟

莫小气，好的东西尽量与别人分享，莫过多评价他人，多听别人的，自己尽量闭嘴，如需要发表看法，则准备多套看法，利益各方都不得罪。成绩应归功于团队。

树立团队合作意识

在动物世界里，有很多动物都喜欢以群居的方式生活，比如狼、狮子、羚羊等，不论是哪种动物，他们都有一个共性，就是团队合作至上的意识。

在草原上，一只狼很难捕获一头野牛，即使是一只牛犊也是很难捕获，但是一群狼就完全可以了，即使野牛的力量再强大，狼群运用战术很轻松地就能够把野牛置于死地。羚羊群在遇到危险的时候，为了保护整个团队的生存，年老的羚羊会主动把生的希望留给那些年轻的羚羊，献出自己的生命，而头羊为了集体的生存牺牲得更多。这是动物界两类动物的团队意识，如果没有团队合作的精神和团队利益至上的意识，也许狼就会被饿死，羚羊群里更多年轻健康的羚羊会被敌手捕获，羚羊群就失去了发展壮大的机会，最后都成为敌手的口中餐。

对于一个企业来说，如果员工都没有团队至上的意识，那么就会造成公司内部像一盘散沙的局面，出现问题没有人愿意去承担相应的责任，一项任务很长时间也没有完成等情况。因此，对于一个集体，一个企业，甚至一个国家，团队精神是非常重要，非常关键的。世界知名企业微软公司在美国以特殊的团队精神著称。像 Windows 2000 操作系统的研发，微软有超过 3000 多名开发人员和测试人员参与，写出了 5000 万行代码。如果微软没有一个高效统一的团队，没有全部工作人员的默契合作与分工，这项艰巨的任务恐怕至今也无法成为现实。

所以，一个企业要想高效地完成一项复杂的任务，必须组建一个高效的团队，培养员工的团队意识，树立团队意识至上的信念。只有团队的目标达到了，团队的业绩提高了，自己的才能才会被最大限度地发挥出来，人生的价值才能真正地体现出来。因此，在工作中，我们要培养自己与团队成员的沟通和表达能力，宽容与合作的品质和自己的全局观念，只有这样才能真正地树立起超强的团队意识。

有一家软件公司前不久提升了两位年轻的技术职员做公司的技术主管。

其中一位主管感觉自己责任重大，现在技术进步日新月异，部门中还有很多一流的问题没有得到解决，既有压力，也有紧迫感，所以每天都埋头学习相关的知识，钻研技术文件，加班加点解决技术问题。他认为问题的关键在于他是否能向下属证明自己在技术方面的出色。

而另一位主管也同样认识到了技术的重要性和自己部门的不足，因此他花很多的时间向下属介绍自己的经验和知识，遇到问题一起解决，并积极地和相关部门联系和协调。

三个月后，两位主管都非常出色地解决了部门的技术问题，而且前一位主管的成绩似乎更为突出。但半年后，这位主管发现问题越来越多,自己越来越忙,但下属对他似乎并不满意,顿时觉得很是委屈。而另一位主管却得到了下属的拥戴,部门士气高昂,不仅解决了问题,还搞了一些新课题。

　　这个事例证明,如果没有一个合作的团队,即使你的能力再强,再出色,在这个社会分工越来越细,工作却越来越复杂,科技知识换代更新越来越快的社会中,你也不可能把所有的工作完成,更别说做得出色了。但是如果能够与自己的成员相互信任,相互配合,相互欣赏,发现别人的优点,那么团队的成功也就是自己的成功,团队的荣誉也就是自己的荣誉。

　　不要把自己的个人利益凌驾于集体利益之上,不要为了自己的利益去损害他人的利益。在这个既合作又竞争的时代,团队成员之间的竞争是合情合理的,但是不要因为一己之私,而给整个团队造成重大的损失,这样既不利于团队的发展也不利于个人的发展,最后只能是双败的局面。因此,不论你处于团队中的什么位置,都要树立团队意识,为团队的发展尽职尽责。

工作感悟

　　一个人不管你有多么大的本事,单枪匹马依靠一己之力是很难成功的,只有通过许多人组成一个密不可分的团队,才能战胜道路上遇到的重重困难和阻碍,才能取得最后的胜利。

没有协作难以成功

在现代社会竞争越来越激烈，企业也越来越重视工作的效率，因此，社会的分工也越来越精细。不论企业的大小，都不可能由一个人完成所有的工作，部门与部门之间，员工与员工之间必须建立起相互合作、相互配合的精神才能把工作完美地完成。团结大家就是提升自己，因为每个人的工作经验、社会阅历不同，能力也不同，大家团结起来相互配合，这样就能够在别人的帮助下让自己学到更多东西。尤其是在程序化、标准化极强的行业里，每个人只能完成整个工作中的一部分，团队合作在很大程度上关系着企业发展的命脉，也关系到个人能力的提升，这也正是现代企业把具有团队合作精神列为重要的应聘条件的原因之一。所以，不论从事什么样的工作，都要学会与同事相互协作。

一个人如果为了一己之私而忽视了集体的利益，没有团队合作的意识，那么在现代企业中就没有自己的立足之地，更不要谈生存与发展了。

有这样一则小故事：

小猴和小鹿是一对很要好的朋友。一天他们俩一起到河边玩耍，忽然看到河的对岸有一棵结满了桃子的桃树。望着满树又大又鲜的桃子，它们的口水都流出来了。这时它们俩都在心里打着自己的如意小算盘，都想把满树的桃子占为己有。

小猴首先说："是我先看到桃树的，树上的桃子就应该都归我。"说着就向河的对岸走去。但是由于猴子的个子太矮，当它走到河中央的时候，就被河水冲到了下游的礁石上去了。这时小鹿在岸上大声对猴子说："桃树是我先看到的，应该归我。"说着也朝对岸走去。虽然小鹿顺利地过了河，但是它不会爬树，怎么也够不着桃子，只能站在桃树下望着树上的鲜桃，最后无奈之下，只得返回了对岸。

正当它们俩垂头丧气的时候，它们身边的柳树对小鹿和小猴说："你们要想吃到桃子，就必须改掉你们自私的坏毛病，只有团结起来才能吃到桃子。"

听到柳树的这个建议，它们顿时恍然大悟。于是，小鹿驮着小猴过了河，来到桃树下。小猴爬上桃树，摘了许多桃子，自己一半，分给小鹿一半。它俩吃得饱饱的，高高兴兴地回家了。

这个小故事告诉我们，任何时候都不要自私自利，只有合作起来才能达到自己最终的目标。如果故事中的小鹿和小猴都想把桃子占为己有，那么它们俩就谁也吃不到桃子；但是如果它们在此过程中能够各自运用自己的优势，团结合作起来就吃到了桃子。在工作中也是同样的道理，如果要想完成一项复杂的工作，只有团队中的每一位成员都相互协作，相互配合，才能最终完成任务。

还有这样一个古老的故事：

从前有一个村庄突然燃起大火，健康的人们纷纷逃到村外，只剩下一个可怜的盲人和一个瘫痪病人。盲人看不见哪里有火，哪里没火，不知道该向哪个方向迈步。瘫痪病人干瞪着两眼着急，火就要烧到自己身边了，却无法挪动一步。后来，他们想出一个办法，盲人背起瘫痪病人，借助瘫痪病人的双眼看路，瘫痪病人借助盲人的双腿跑路，他们就这样双双逃出了火海。

生活中，每个人都有自己的优势和劣势，在合作中实现互补，就能够创造出许多意想不到的奇迹。在这个世界上，没有一个人能够通过单枪匹马取得成功，不懂得合作是非常危险的甚至是毁灭性的。就好像秋天天空中飞过的一群排着整齐有形的大雁一样，只有这样才能战胜路途中遇到的种种困难，安全地到达自己的目的地。

另外，同事之间在协作的过程中，沟通也是非常重要的，有效的沟通不但能够建立起良好的工作氛围，同时也能够提高工作的效率。

如果你是某个团队中的一员，那么就要以积极地心态来促进团队的协作，争取达到最后的胜利。

工作感悟

在这个社会中，每一件工作都是由很多小小的环节组成的，一个人很难完成这样的工作，所以在每一环节中都会有专门的员工，为了确保任务顺利地完成，各个环节必须相互配合，相互协作。

积极融入到团队中

有这样一则寓言故事：

一只乌鸦在觅食时看见一只猫头鹰飞了过来。大白天见到猫头鹰真是一件怪事，于是乌鸦便问道："猫头鹰老弟，你这么匆忙，要赶往哪里呀？"

猫头鹰说："我呀，正在搬家呢！我要搬到西边的树林去。"

乌鸦感到不理解："好好的搬什么家呀？"

猫头鹰回答说："你哪里知道我的苦衷啊。我喜欢在夜里唱歌，东边的动物都讨厌我。它们嫌我不睡觉，还说我的歌声难听，吵得它们不能安心睡觉。我不跟它们一般见识，所以就主动往西边树林里搬。"

乌鸦一听就明白了，于是对猫头鹰说："你就是搬到西边的树林还会被赶出来。说起来咱俩的遭遇还真有点相似。我以前也是爱唱歌，虽说不像你那样在夜里，但也同样得罪一帮人。后来我想明白了，这不怪别人，而全在我自己。就拿你来说吧，你本来可以白天工作，晚上睡觉，和其他动物一样。如果尝试后还不行，你还可以不在晚上唱歌，若是一时嗓子痒想一展歌喉，那就尽量唱一些轻柔好听的歌。如果这三个本质问题都能够改变的话，你就会受到欢迎，而根本用不着到处搬家。"

当你与同事格格不入，不能融入他们中时，不要急着从别人的身上找原因，而是从自己身上找原因。如果自己的性格、习惯、思想无法与同事找到相同点，就要积极地去改变自己，使自己能够很好地融入到大家的生活中，与大家更和谐地相处。

现代企业所组成的团队，都是因为大家有着共同的目标，有着共同的行为标准，进而才能创造出奇迹般的价值。又由于团队中每个人都有着自己独特的个性，难免在许多问题上会产生一些分歧，这是很正常的。分歧产生之后，团队成员之间就要寻找共同的解决办法消除分歧，如果有哪位成员不能融入到团队中，势必会造成团队内部的分裂，更别提创造价值了。所以，每一个人只有把自己的发展目标融入到公司的发展中去，等到公司发展壮大了，你就会发现自己的宏伟蓝图也不再是一种理想，已经成为现实。

在团队中，如果你自高自大，认为别人都不及你，指手画脚、目中无人，这样只能使别人渐渐地疏远你，不愿再与你合作，完全把你孤立起来，在往后的发展中当你遇到困难和阻碍时就会变得束手无策。因此,在团队中,注意培养与同事之间的感情,与同事分享对工作的成果,与每一位同事保持良好的人际关系,千万不要成为同事心中的"刺头",那样的境地是很危险的。

如今,每一项工作的程序化都很强。所以,员工之间的相互配合已经成为一种必备的素质。对企业来说,只有善于协作的团队,才有旺盛的生命力,才能为公司创造巨大的效益;对个人而言,只有融入到团队中,才能实现自己的人生价值。

企业组建一个团队,就是为了能够产生更高的效益和利润,只有团队中的每一位成员积极地参与,共同解决面临的问题,才能保证高效的生产率和过硬的产品质量。就发展团队而言,增进交流、共同分享和改进工作方法同样重要,团队中的每个成员都必须认真对待。

工作感悟

一个上千人的汽车装配厂,只要其中一组人不工作,其产品就无法出厂,谁也不会购买没有轮子的汽车。企业需要团队精神,要求成员必须积极融入到团队中。

没有完美的个人,只有完美的团队

一个人纵使有再强的能力,也不可能精通所有的业务,单独完成不了一项巨大而复杂的任务,更不能撑起一个企业的生存与发展。这就需要与其他人组成一个团队,各自发挥自己的潜能和优势,共同来完成工作的目标。

　　个人和团队的关系就好像是一棵树和一片森林的关系，一棵树长得再高再壮也不可能挡住风沙的袭击，只有和众多的大树组成一片浩瀚的森林，才能挡住风沙侵袭。因此，一棵大树再完美，也只是一棵树，只有融入到森林的团队中，才能实现自己的价值。个人的发展离不开团队的发展，个人的追求只有与团队的目标联系起来，树立风雨同舟的信念，才能随着团队的发展壮大而壮大。

　　所谓的团队就是一小群有互补技能，为了一个共同的目标而相互支持奋斗的人。团队所创造的业绩是每一个成员的劳动成果，最后形成集体的成果，这就需要团队中的每一个人都具有自我牺牲、协调一致、团结战斗的精神去完成团队的共同任务与目标。个人只有融入到团队中，才能够最大地发挥自己才能和智慧，才能创造出意想不到的成就，个人的发展离不开团队的发展，团队的发展也离不开个人的努力。因此，没有完美的个人，只有完美的团队，而这是相互依存、相互制约的。

　　在当今时代，单打独斗已经跟不上时代的发展了，竞争已经由个人与个人之间的竞争转化成为团队与团队之间的竞争了，哪个企业拥有了强大的团队，哪个企业就可以在竞争中胜出。因为，团队能够克服和解决个人所不能解决的所有难题，甚至会有奇迹的诞生。

　　团队精神是企业竞争的核心，如果失去了团队的合作精神，那么再宏伟的目标和愿望也只是空中楼阁。因此，员工一定要树立较强的团队意识，将团队的荣誉和利益放在第一位。

　　在 2004 年的雅典奥运会上，中国女排的冠军争夺赛就是团队合作的最好证明。奥运会女排比赛开始之前，意大利排协技术专家卡尔罗·里西先生在观看中国女排训练后很肯定地认为，中国女排在奥运会上的关键人物是身高 1.97 米的赵蕊蕊。她发挥的好坏将决定中国女排在奥运会上的最终成绩。不幸的是，在中国女排参加的第一场奥运会比赛中，第一主力赵蕊蕊因腿伤复发，无法上场了。外界都感叹中国女排的网上"长城"坍塌，实力大减，没有了赵蕊蕊的中国女排不再有夺冠的实力。当时的中国女排确实也很困难，她们只好一场场去拼，在小组赛中，中国队还输给了古巴队，在当时的情况下，很多行家都不看好中国女排夺冠。但是中国女排因为有不服输的精神，在历经了艰难的打拼之后还是杀进了决赛，在与俄罗斯女排争夺冠军的决赛中，身高仅 1.82 米的张越红一记重扣穿越了 2.04 米的加莫娃的头顶，砸在地板上，宣告这场历时 2 小时 19 分钟、出现过 50 次平局的巅峰对决的结束。经过了漫长的、艰辛的 20 年以后，中国女排再次摘得奥运金牌。

中国女排能够转败为胜，也许靠的并不是有多么强大的实力，而是团队协作的精神，才创造了夺冠的奇迹。

企业中，每一个员工也应该有女排这种合作的精神。在社会分工越来越细，程序化越来越强的今天，每一个人所从事的工作也许只是整个工作中的一个小环节，要想完成任务就必须把团队中每一个人的每一个环节组合在一起，形成一个完整无缺的整体，而且在工作的过程中，每一个成员要不断地进行沟通、协助，朝着一个共同的方向迈进，只有这样，才能完成一项完整的任务。

工作感悟

作为一个个体，哪怕你才华横溢、无所不能，如果不依靠团队的力量，仅靠自己，那么将不会走远。放弃本位思想，融入团队，就会成为无往不前的赢者。

团队合作创造奇迹

张近东说："如果我用个人的能力，可以赚一个亿，可能 **100%** 是我的；但我用十个人的时候，我们可能赚到十个亿，可能我只有 **10%**，我同样是一个亿，但我们的事业变大了。"

我们经常会听到这样的故事：一个和尚担水喝，两个和尚抬水喝，三个和尚没水喝。三个和尚本来就是一个团队，但是他们之间相互推诿，谁都不愿意去挑水，最后大家只好没有水喝。企业也是这样的，团队中不仅强调的是个人成功，更强调的是团队的整体业绩。只有团队中各成员的奉献，才能结出团队中的累累硕果。

一条小河只能泛起破碎的浪花，但是当它与千万条小河汇入大海中之后，就激起了惊涛骇浪，个人的力量和团队的力量就好比小河和大海一样，团队的合作往往能够激发不可思议的潜力。一个由相互联系、相互制约的若干部分组成的协作整体，经过优化设计后，整体功能能够大于部分之和，产生 I+I>2 的效果。如果你是企业中的一分子，就应该努力在团队中找到自己的位置，把团队的成功看作是发挥自己潜能的目标，把团队的荣誉当成是自己的荣誉，与团队中的每一位成员默契合作，实现自己的价值。而不是做一个自以为是、与团队成员格格不入的人，那样只能一事无成。

有人曾经做了这样一个实验：

把六只猴子分别关在三间空房子里，每间两只，房子里分别放进一定数量的食物，但放的位置高度不一样。

第一间房子的食物就放在地上，第二间房子的食物分别从易到难悬挂在不同高度的适当位置上，第三间的食物悬挂在房顶。

数日后，他们发现第一间房子的猴子一死一伤，伤的缺了耳朵断了腿，奄奄一息。第三间房子的猴子也死了。只有第二间房子的猴子活得好好的。

探索原因，第一间房子的两只猴子一进房间就看到了地上的食物，于是，为了争夺唾手可得的食物而大动干戈，结果伤的伤，死的死。

第三间房子的猴子虽做了努力，但因食物太高，难度过大，够不着，被活活饿死了。

只有第二间房子的两只猴子先是各自凭着自己的本能蹦跳取食，最后，随着悬挂食物高度的增加，难度增大，两只猴子只有协作才能取得食物，于是，一只猴子托起另一只猴子跳起取食。这样，每天都能取得够吃的食物，很好地活了下来。

"团结就是力量"，只有团结合作才能创造奇迹！

工作感悟

"团结就是力量"，而且团队合作的力量是无穷无尽的，一旦被开发这个团队将创造出不可思议的奇迹。

第九章

做公司最受欢迎的员工

　　作为一名员工，我们每个人都希望受到企业的欢迎、领导的重视，因为只有这样，我们才会有更多的发展空间，才能实现自己的价值。那么公司欢迎什么样的员工？领导喜欢什么样的员工？同事又愿意和什么样的员工相处、合作？这里面隐藏着很多学问，要想成为一名受欢迎的员工，就要争取做企业、领导、同事想要的人。

良好的人际关系是成功的关键

　　有这样一句话,"没有交际能力的人,就像陆地上的船,永远到不了人生的大海。"这句看似简单的话,却蕴含着很深的哲理。它能够使人明白,在人的一生中,你无论有多么强大,无论有多么好的条件,如果没有良好的人际关系,一切都是水中花,雾中月。

　　你要想获得事业上的成功,打造自己的人际关系圈就是首先要做的事情。生活中,我们每一个人都不能孤立地存在,需要朋友的支持和信赖。常言道:多一个朋友多一条路。人的一生不可能是一帆风顺,总会遇到沟沟坎坎,这个时候我们需要朋友帮助我们走出困境,重新迎来曙光;而如果你离开了朋友,你往往就会陷入无助之中。朋友,是你人生中一笔巨大的财富,是关键时刻可以倚靠的人脉大树。

　　华人首富李嘉诚曾经说:"我算不上超人,我之所以成功,是因为我身边有 300 员虎将,100 人是外国人,200 人是本土香港人,我的成功是大家同心协力努力的结果。没有小的河流,怎能成长江。"从这句话里,我们可以明白人际关系对一个人的成功具有很大的影响作用,它是人们取得成功的重要条件之一。一个人如果拥有良好的人际关系和正确的处世技巧,将有助于他在事业上的成功。同时,良好的人际关系能为一个人事业的成功创造优良的环境。

在职场中,成功的机会总是会垂青于那些有着良好人际关系的人。因为机遇很多,但是并不是每一个人都能够很好地把握住,而那些人际关系良好的人在与别人交往的时候,机遇就往往出现在自己的身边,有时候是因为一句谈话而创造了成功的机遇,有时候则是一个动作创造了机遇。一个人事业的成功,80%归因于别人的帮助,20%才是来自于自己的付出和努力,说的正是如此。

几乎每一个人都懂得人际关系在生活和工作中的重要性,但是在处理人际关系的时候却不知从何下手,在这里为大家提供几个诀窍。

一、真诚对待别人

真诚是打开别人心灵的金钥匙,因为这样能够让别人信任你。俗话说:用心沟通,贵在真诚。对朋友要用心相处。朋友需要协助的时候,要尽最大的力量去帮助他,尽量做到真诚热心,方方面面都照顾周全。奥地利著名心理学家阿尔·阿德勒说:"对别人不真诚的人,他一生中困难最多,对别人的伤害也最大。所有人类的失败,都出自这种人。"这是因为对人不真诚的人就得不到别人真诚对待。

二、尊重他人

人都有一定的自尊心,你要想他人尊重你,你就必须先尊重他人。一个不懂得尊重他人的人,是绝不会得到他人的尊重的。在我们的工作中,自己对待别人的态度往往决定了别人对待自己的态度。有这样一句名言说:"生活就是一面镜子,你对它笑,它对你笑;你对它哭,它也对你哭。"我们要获取他人的好感和尊重,首先必须尊重他人。只有做到尊重他人,自己才会受到他人的好评和尊重。相反的,如果你处处表现出一副清高孤傲、盛气凌人、颐指气使,对方会感到自尊心受到了伤害而拒绝交往。

三、学会欣赏他人

欣赏一个人，并不是奉承他，而是我们能从他人的身上发现诸多的亮点。在我们周围，不管是亲人、朋友还是同事，都可以从他们身上找到值得我们借鉴的地方，从中找到可以学习的优点，来弥补自己的不足，这样也可以发觉自己与他人的差距，从而激励自己、鞭策自己提高综合修养水平，给自己更大的生活信心和精神力量。欣赏别人不仅是对别人的一种尊重和鼓励，而且还是对自身品质的一种检验，对自身品质的一种提升。

四、平等地对待他人

人生于世，尽管在权力、地位、财富等方面存在着不平等，但在人格、生命、健康、快乐、幸福方面都是平等的，尤其是每个人的尊严都同样神圣不可侵犯。在生活中，我们要谨慎地对待自己的言语，谨慎地对待自己的行为，学会与人平等相处，平等对待他人，尊重他人的人格尊严。

人际关系不是一劳永逸的，而是一个经常变化的过程，这就需要我们善待每一个人，从小处、细处着眼，时时把人际关系摆在首位，落在实处。在工作中，一个拥有良好人际关系的员工，必定会在职场中脱颖而出。因为他比别人拥有了更多的发展机会，更容易克服在工作中遇到的困难。

工作感悟

每一个人成功的背后都会有一群竭尽全力帮助自己的朋友，因为，朋友是跌倒后帮助我们站起来的拐杖，失去他们也许永远也不能获得成功。良好的人际关系，可以帮助我们成功，也可以使我们减少失败。

真诚地与同事协作

"物竞天择，适者生存。"这是任何物种通过竞争求得生存的普遍规律，合作和竞争是伴随着人类的出现而出现的，二者发展到今天，不但没有被削弱，反而随着社会的发展越来越激烈，也只有在合作中才能经受得起更强的竞争。

同事是与自己一起工作的人，与同事相处得如何，直接关系到自己的工作、事业的进步与发展。如果同事之间关系融洽、和谐，人们就会感到心情愉快，有利于工作的顺利进行，从而促进事业的发展；反之，同事关系紧张，相互拆台，经常发生摩擦，就会影响正常的工作和生活，阻碍事业的正常发展。但另一方面，同事不是你的家人，也不是你亲密的朋友，同事之间为了自身的利益，竞争无处不在，无时无刻不在。

现代企业都倡导团队合作精神，因为它们时时刻刻都在接受着巨大的挑战，单凭一个人的力量是不可能获得成功的。如果员工之间缺乏合作的精神，那么该企业就要面临着被淘汰的危险。所以同事之间的合作就自然而然地被放在了重要的位置上。通过合作，同事之间才能碰撞出奇妙的火花，从而创造出辉煌的成就。

在生意场上，有太多的事例说明了这个观点是正确的，商家之间通过合作往往会取得双赢的局面，这远远胜于在市场上的竞争对抗。只有合作才能求得发展。共同合作往往比单枪匹马奋斗更容易成功，因此不要让自己的自我意识成为自己发展的绊脚石。同事之间也是如此，如果能够很好地相互合作，也能够产生同样的效果。

有这样一则故事：从前有一位老人有十个儿子，一天他把十个儿子叫到自己的跟前，给每人发了一支箭，然后让他们把自己手上的箭折断，他们都不费吹灰之力就完成了。父亲又将十支箭合在一起，让他们一个人一个人地去折，结果兄弟十个人没有一个能将其折断的。十个儿子顿时领悟了父亲的用意，从此十兄弟同心协力地合作，成为人们学习的榜样。

合作与竞争是两个完全不同的概念，合作是寻求双方共同获利为目标的，而竞争就必定有输赢，通常一方的喜悦建立在另一方的痛苦之上的。与同事合作是一件很愉快的事情，在合作中才能不断提高自己，互惠互补。与更多的人公平合作，才能为自己未来的事业经营一个抵抗风险的港湾。

工作感悟

合作使我们的力量更强大，结果往往是出乎人的意料，就好像对一加一等于几这个问题一样，如果是纯粹的数学等式，那么它就是等于二；如果把它运用到团队的合作精神之中，它往往是大于二，如果在一个团队中，大家都是分道扬镳，那么它就是小于二。

尊重每一位同事

尊重别人是一种美德，被人尊重则是一种幸福。当你徘徊在情绪的低谷，朋友真诚的帮助支持着你，那是尊重；当你遭遇到人生的挫折,老师苦口婆心地开导、鼓励你,那是尊重;当你捡起教室内的纸片,同学们赞许的微笑感染着你,那是尊重;当你懊悔曾经的过失,父母的宽厚与理解包容着你,那也是尊重;……

俗话说:"人敬我一尺,我敬人一丈。"现代人对尊重更加渴望,詹姆森教授说:"在人类的天性中,最深层次的欲望,就是渴望得到别人的重视。"相互尊重是处理好任何一种人际关系的基础,同事关系也不例外。只有相互尊重,才能给彼此创造良好、宽松、愉悦的工作环境,才能合作,顺利完成工作,提高工作效率。

莫斯利在一家木材公司当推销员。他是一个善于指责别人的人,却从不听别人的意见。有一次,他尖酸刻薄地指责一位质检人员对工作不负责任,检验人员向他解释出现错误的原因,结果他根本没有等到检验人员把话说完就又开始指责。后来,他不得不离开那家木材公司。原因是他喜欢指责人的毛病不改,大家都离他远远的,没有人愿意和他合作,更没有人愿意和他交朋友,在势单力薄、孤独无助的情况下,他只能选择离开。莫斯利却对此非常地不解,于是向一位老者请教原因,老者说:"你在交际中犯了一个大忌,那就是听不进他人的意见。要知道,尊重他人的意见和人的交往是同等重要的,只要你尊重了别人,别人才会尊重你,自己才会有一个好人缘。"

听完老者的话,莫斯利顿时茅塞顿开,他决心改掉自己的坏毛病,努力养成尊重他人的好习惯。

任何人都希望得到别人的尊重,可这是以尊重他人为基础的,只有先去尊重别人,才能获得别人的尊重。在工作中,同事之间要相互帮助是应该的,但是千万不要过问自己不该过问的事情。别人的工作自己最好不要随便去插手。比如,在办公室里每一位员工都有自己的办公空间、办公用品,虽然这些是属于公司的,但是那也是仅限个人使用的,所以在没有得到同事的允许,不要擅自使用,那样是不尊重人的表现，也是同事之间产生矛盾的根源，一定要注意这一点。

在生活、工作中，最珍贵的礼物就是得到别人的尊重和理解。当一个人收到这样的礼物的时候，就会感到幸福快乐，而那个馈赠礼品的人同样感到幸福和快乐，因为在尊重别人的同时也得到了别人的尊重。

在与同事交往的过程中，双方的意见产生分歧是难免的。但往往我们会以自我为中心，认为自己的做法、想法才是唯一正确的，对别人的意见如耳旁风一样，不予听取，这样不但使工作受阻，还可能伤害了同事之间的感情，因为你没有尊重别人的意见，大大地伤害了别人的自尊心。

"尊人者，人尊之。"当你尊重别人的时候，也是在尊重自己。因此学会了尊重别人，就学会了尊重自己。

工作感悟

只有在你尊重别人的前提下，别人才会尊重你。同事是我们在工作中朝夕相处的工作伙伴，在工作中难免会出现一些摩擦。但是，和同事关系的好坏直接影响着工作的效率，因此，不论因为什么事，都要尊重同事的意见和人格。

尽量避免与同事产生冲突

每一个人在参加工作之后，每天有三分之一的时间是在公司度过的，而每天与我们接触最多的恐怕就是同事了，真是低头不见抬头见,这自然就少不了与同事之间的交往和共事,每天遇到很多的事情也是正常的,但由于每个人的经历和思想存在着差异,所以,同事之间也就避免不了会产生矛盾。

同事之间出现矛盾并不可怕,只要我们能够面对现实,积极地采取行动,终会化干戈为玉帛,使同事之间的关系比以前更好。如果和同事之间因为一时的不和而总是有扯不完的恩恩怨怨,那么吃亏的永远是自己而不是别人。中国人常讲"以和为贵"嘛,所以在处理这些矛盾的时候首先想到的是一个字便是"和",而不是"恨"。

这是一个讲求团队精神和团队合作的时代,如果团队内部出现了矛盾,日积月累,把这些小事纠结在一起,势必会导致团队内部的分裂,引发更多、更严重的问题,甚至会影响到整个公司的发展和命运。所以,当自己的利益或者观点与同事发生冲突的时候,千万不要对此耿耿于怀而心存怨恨,即使你对他有一定的成见,也要抛开成见主动积极地与他合作交往,这样不仅显示了自己开阔的心胸和宽宏的气度,更能在同事和老板的心目中留下好印象,这样何愁自己没有发展的机会。

在职场中为了避免与同事产生矛盾,平时我们一定要把握几个方面,建立融洽和谐的同事关系。

一、求大同存小异

同事每天都在一起工作,而有些工作具有交叉性,比如对于公司的一些方案、决策,就需要大家共同努力,争取做到最好,以免出现麻烦。由于大家对此的想法不一样,就可能在讨论的过程中产生分歧,处理不好就会伤了彼此的和气。所以遇到这种情况的时候不妨求大同存小异,以此保持意见的一致性。

二、不要忌妒

在公司里肯定要遇到晋升和加薪,每当这时,总会有一些人会对别人的成绩产生忌妒之心,更甚者还会在背后打小报告,说风凉话,这样的做法其实既不利人也不利己,毕竟公司里的高层职位是少数的,而大部分人都是普通的职员,遇到这种情况只要能够以一种平常的心去对待,去欣赏你的同事,也许下一个就是你。

三、保持距离

因为公司是一个充满利益和竞争的场所,影响和干扰人与人之间关系的因素太多了,也许今天你们之间是很要好的朋友,也许明天就会卷入利益的争夺战。所以,同事之间的交往还是奉行**"君子之交淡如水"**的原则为好。

四、学会宽容

俗话说**"冤家宜解不宜结"**,同事是工作上的合作伙伴,也许将来成就自己的正是同事的帮忙。而且每一个人都不是十全十美的,总会有自身的缺点和错误,在这种情况下对待矛盾的时候,何不以宽容的心态来解决,多替他人想一想,避免矛盾的激化。

同事之间发生这样那样的矛盾冲突对双方的工作和生活都会造成不利的影响,也必然会给自己的事业带来消极的影响。所以一个能够成就大事业的人,必须想方设法避免不必要的冲突,千方百计地消除各种矛盾,使自己有一个宽松和谐的工作和生活环境。

工作感悟

一项工作需要不同的人员之间相互的配合才能完成,在这个接触的过程中很容易发生矛盾冲突。如果冲突得不到合理的解决,就会造成该项工作不能顺利地完成。因此,为了营造一个和谐的办公环境,尽量不要与同事发生冲突。

在公司不要忌妒有才能的人

你把金子藏起来，它一万年也不会腐烂；你把一颗种子埋起来，它迟早也会长出来；你把一团火捂起来，只会烧着自己。忌妒之心人皆有之，尤其在一个公司工作的每个人都存在着利益关系，相互忌妒是在所难免的。但是忌妒会让同事之间的合作和相处产生障碍，就会使工作受到影响，从而使生产力下降，公司的利益也会受损。

英国哲学家斯宾诺莎说："忌妒是一种恨，这种恨使人对他们的幸福感到痛苦，对他人的灾难感到快乐。"当一个人不能正确地评估自己的时候，就会和别人进行比较，越比较越自惭形秽，心里就会越痛苦，越痛苦就越容易产生忌妒的心理。

因为同事关系不仅伴随着我们整个职业生涯，而且还时时刻刻存在着合作与利益关系。所以同事关系对于一个人来讲是最重要，也是最难处理的人际关系，虽然大家心里都明白，同事是我的同行，不是我的冤家，但这样简单的道理并不是每个人都能做到的。现代的企业大多数是根据员工对公司的贡献的大小来进行提拔晋升，所以常常会出现那些阅历浅、业绩好的员工晋升为原来主管的上司，这样一来同事之间的妒忌心就燃烧起来了。

一家电器公司有"能者上，平者让，庸者下"的规定。销售经理小李近来明显地感到自己的地位岌岌可危，因为她手下的一个职员的销售业绩就像竹子拔节似的噌噌往上蹿，眼看着就要追上自己了。一旦好的业绩超过了自己，那她只好拱手让出已经把持了五年的经理位置,大笔奖金和福利都将化为乌有。所以,她妒火中烧,一直在想找个什么办法保住自己的位置,最后她竟然利令智昏,采取了极不光彩的行动。她打听到这位职员的最大客户的联系方式,偷偷地公关起来。她向对方的采购部经理许诺给她一定回扣,条件是让她取消或推迟这位员工的一笔大单子。她哪里知道对方的采购经理就是老板娘,而企业是私营企业,回扣这一套根本就行不通,而且对方对她这样的行为非常反感,通报给了那位业务员。这位下属早就受够了顶头上司的气,这次简直忍无可忍,如实地向公司上层反映了情况。在确凿证据面前,销售经理提前下了台。

在公司里,同事之间存在着各种各样的利益关系,容易产生忌妒心理,尤其是在别的同事取得了成绩被老板嘉奖或提升的时候。在这种情况下,我们更要学会怎样去妥善处理,要让自己时刻保持着清新的头脑,不要用过激的行为满足自己的忌妒。

如果你遇到了同事的忌妒,先让自己冷静下来,分析一下同事忌妒你的原因是什么样,然后对症下药,适当地表现自己的弱点和缺点,让同事保持心理平衡,这样不仅削弱了同事对你的忌妒,还能与同事保持良好的关系。如果自己对别的同事产生了忌妒的心理,不妨多想想同事在取得成功的过程中所付出的心血和艰辛劳动,然后再和自己的努力比一比,这样一来就会心平气和些。古诗中的"临渊羡鱼,不入退而结网"说的就是这个道理。这位销售经理就是因为没能正确处理自己对同事的忌妒心理,使她失去了作为一个管理者最起码的道德,从而失去了领导的信任而提前下台。

所以在面对加薪、晋升时,我们要抛开杂念,争取与同事公平竞争,即使同事是一个很强大的对手,也不要心存忌妒,以平和的心态接受挑战,不仅有利于同事间的和睦相处,同时也展现了自己大度的一面,让同事们对你肃然起敬。

工作感悟

天外有天，人外有人。与其去忌妒别人的才能，还不如奋发图强，使自己成为被人忌妒的人才。

替老板分忧解难

在一个公司里，员工只是负责自己岗位上的工作，而老板要负责整个公司的工作，所以，公司的事情，老板并不是每一件事情都自己干，自己出面，自己插手。他希望这些事情通过自己的下属就能够很好地解决，代他去出面摆平，替他分忧解难。

作为一名优秀的员工，每天除了要做好自己的本职工作之外，还会经常去想"我还能为老板做些什么事情，为老板分忧解难呢？"尤其是在老板忙得焦头烂额，迫切需要你帮忙的时候，你一定要主动站出来，而不是站在那里袖手旁观。

某公司业务部副经理小秦发现一向谈笑风生的老板最近一段时间总是愁眉不展，整天无精打采的样子，变得意志消沉了。经过小秦的细心观察，终于找到了老板每天愁苦的原因。原来很快就能处理完的公事，现在到下班时还剩下很多没处理完，一连好几天都是这样的，而且公司的工作目标也没有按时完成，客户对公司的表现已经流露出明显的不满。

小秦看到这些，真是心急如焚。老板表现出这个样子他实在是无法理解。他既不愿意看到公司因此而受到损失，也不愿意看到很有才华的老板因此而消沉下去。但是这还不是老板真正消沉的原因。于是，小秦从侧面了解了一下老板的具体情况，原来是老板的妻子得了重病，现在住进了医院，他每天白天上班处理工作，晚上还要到医院陪妻子。由于休息时间少，又担心病人，因而连日来已经是筋疲力尽，心力交瘁，白天上班自然没有精神，工作效率也明显降低了。

了解到这些情况，小秦对老板的遭遇深表同情，他找机会与老板谈话，请求暂且将老板的一部分工作交给他去做，好使老板能够腾出更多时间照顾病人。

接手工作后，小秦一丝不苟，力求将每一项工作都做得圆满，遇到不明白或不熟悉的问题，他主动向老板或同事们请教。在他的努力下，公司的工作有了明显的起色，客户满意了，老板也露出了微笑，小秦本人也在工作中得到了更多的锻炼。

后来，老板的妻子病愈出院，老板又开始安心工作了。每每谈起这一段经历，老板总是很感激地对小秦说："那时多亏有你鼎力相助，不然的话，公司遭受损失将不可估量。"

通过这件事，小秦得到了公司上下的尊敬和赞誉，更是成了老板的好"搭档"，生活中的"密友"。是啊，像这样能在关键时刻主动替老板分忧、顾全大局的员工有哪个老板会不喜欢呢？

人都是趋利避难的，老板也是一个普通人，在工作和生活中也会遇到许多难题。也许这些工作并非你分内的工作，但却阻碍了整个公司的发展。在这个时候，如果你总能替老板解决难题，老板不但会领你的情，而且会越来越欣赏你，从而逐渐提拔你、重用你。因为，在老板眼里，你不但忠诚可靠，还拥有出色的解决问题的能力，是不可替代的。

工作感悟

高尚的人能够理解别人的思想，能够体会别人的情感。高尚的人能克制自己，能想办法减轻他人痛苦，能替他人分忧。

尊重和理解你的老板

尊重，是站在别人的角度考虑，给别人一点理解；尊重，是对不同意见的一种认真倾听；尊重，是洋溢在脸上的一抹真诚的微笑；尊重，是对别人付出的一声由衷的赞美。

每个人都渴望得到别人的尊重，身处高位的领导也不例外。领导都希望下属尊重他，除了一些特殊的情况之外。但是，有时候我们一个不经意的举动，一句不经意的话语，让领导感觉你没有尊重他，这样你在领导心中的印象大打折扣，如果说这种不好的印象对你未来的发展没有影响，那完全是睁眼说瞎话。

正因为他是领导，作为下属才更应该尊重他。例如，在领导要开会讲话的时候，不管你手头的工作多么重要紧急，也要把它放到一边认认真真地听领导讲的每一句话，不时用平和的眼神看着领导，表现出自己非常重视领导的讲话，这也同时让领导感觉到了他备受尊重，从而领导对你的看法也会加分。

每一位上司都喜欢别人恭维他，只要你是善意地、由衷地赞美你的顶头上司，自然上司会很喜欢和你相处。

王超毕业于一名牌大学，一进公司就被列入重点培养的对象，他对工作也充满了热情，经常自觉到公司加班攻克一些技术上的难题，并在工作中做出了让人刮目相看的成绩。公司的每一个人都认为，他是公司年轻队伍中得到晋升机会最大的一个。

但是有一次，公司主管给他安排任务让他画一份统计图表。这项工作本来不属于他，是由另一个同事负责的，只是那天那位同事有事请假了。王超心想，这样简单的工作，再怎么也轮不到他这位高材生去做啊，于是他满不在乎地说："我还以为是什么技术难题呢，这样简单的工作等我忙完了手头工作再去做吧。"虽然他不情愿地接受了工作，但是把它搁到一边没有按主管的意思马上去做。以至于主管来催的时候，他才马马虎虎地做完。

到了年底，公司要进行人事调整，王超没有得到公司的晋升。原来主管向高层领导反映王超"狂妄""轻浮""傲慢"。

王超感觉很委屈，同事也为他打抱不平，但是这已于事无补，王超因为自己的一次满不在乎付出了应有的代价。

工作中的事情无大小的区分，无论领导分派给你什么样的工作，都要虚心接受，认真地完成，既表现了自己办事的低调，又表现出了对领导的尊重。我们有三分之一的时间是在公司度过的，为了在工作中能有一个愉快的心情，一定要处理好与上司的关系，给上司留下一个好印象。

但是对于领导的尊重表现不能太过头了，有适当的表现就可以了，例如问候领导的时候要面带微笑，声音要清晰洪亮；领导有时候不慎在下属面前出丑，你千万不要看领导的笑话，要想办法为领导圆场解围。

领导是一个公司的管理者，每一句话对下属都有一定的影响力和约束力，所以尊重领导是每一位下属必须做的事情，只有尊重领导，才能得到领导的信任和赏识，才会为自己未来职场铺平道路。

工作感悟

作为员工，在我们的心里时时刻刻应该为老板，也为自己，多一些感恩，多一些善意。要尊重你的老板，感谢你的老板，理解你的老板，更要了解你的老板。

以主人翁的态度对待企业

世界上的人很多，但通过自己开公司成就事业的人毕竟是占很少，大多数人是通过企业来奠定自己职业生涯的每一步。只要你是公司中的一员，就应该把公司当作自己的家，与其荣辱与共，抛开那些冠冕堂皇的借口，投入自己的热情和忠诚，尽职尽责地为公司着想。

任何一个老板都希望员工能够把公司当作自己的家，把工作当作自己一生的事业去努力、奋斗，与公司同呼吸、同命运。同样，如果你能做到爱企如家，你就一定会成为一个值得老板信任的人，一个老板乐于雇佣的人，一个可以成为老板左膀右臂的人。

微软(中国)有限公司前总裁唐骏曾说："我工作时的心态就好像我是公司股东一样。我不仅做好自己的本职工作，还替微软去想有哪些做得不够好或不合理的地方。其实，看到问题的员工很多，但我不仅看到了，还提了出来；提出问题的人也很多，更重要的是我提出来的时候，我已经找到解决方案了；也有人找到解决方案，而我，不只拿出解决方案，而且已经验证过了。这才是公司需要的，因为别人不这么做而我做了，所以机会就是我的了。"

正是他对微软保持着一种高度负责的态度，让他在自己的职业生涯中不断晋升,最终从一名普通的工程师晋升为总裁。可见,员工培养主人翁的意识,把公司当作是自己的,每天带着激情去工作,他自然成为老板最欣赏的员工,并拥有不同凡响的职业生涯。

小吴是一家网站建设服务企业的业务人员,该企业主要是提供电子商务平台产品。小吴主要做客户服务工作,包括网站方案的设计与客户的沟通等。小吴最近谈了一笔业务,对方企业的规模不大,业务也小,可是先后已经提交了三份网站建设框架方案建议书了,客户仍然不满意。由于是小企业,所以网站建设的费用不是很高,而客户的要求太多,小吴对此有点不耐烦了,准备放弃这个客户,于是他把具体情况上报给了自己的主管——客户服务经理。

客户服务经理仔细地看了小吴给客户设计的方案,发现这三份方案大同小异,就是零星和个别栏目名称有些变动。于是经理找到小吴问他是否和客户进行过详细的交流?小吴解释说因为要跟其他客户谈业务,所以没有时间。经理又问小吴,是否对该企业的平台需要进行过调研?回答是没有,小吴给出的理由是,所有宣传性网站基本上都是这样的,所以没有必要做这个工作。

经理听完小吴的回答后火冒三丈,他耐着性子对小吴说:"你这是对工作负责的态度吗?没有经过调研,没有和客户交流就提交方案,让你修改方案你就敷衍了事,如果换做你是客户,你会接受这样的方案吗?"

可小吴不识相,还顶嘴说:"这不是我的责任,是客户太挑剔了。就这么点钱,还要这要那的,差不多就可以了。可他偏不干,就没碰到过这么难缠的客户。"

听了这样的回答之后,经理更加生气了,他阴沉着脸说:"纯粹是借口!不要多说,拿回去重做!直到客户满意为止!"

如果你是企业的老板,对于小吴这样的做法满意吗?其实别人对你的看法并不是很重要,重要的是自己对待工作的态度。

"那不是我的错,而是……"如果你经常使用这样的借口,是无法得到上司的信任,遇到重大问题也会考虑是否重用你。所以要想成为一个值得信赖的人, 就必须成为一个像老板那样承担责任的人,承担起自己职责范围内的责任,积极地为公司创造效益。

工作感悟

企业是我们大家共同努力创造的,需要我们多替它想一想:如何才能节约成本?如何才能提高效率?如果我是企业的老板,我会怎样处理每一件事情。

做老板的左膀右臂

上司一般都把自己的下属当成是自己的人, 希望下属对他能够忠诚不贰,尊敬他,听他的命令,对那种抱有"身在曹营心在汉"的人是最为反感的。而对于下属来说,能成为领导得力的助手,使领导处处需要你,信任你,在工作中处处离不开你,这何尝不是下属与领导最高明的相处之道呢。

作为上司的好帮手,一方面,工作上能处处为上司着想,竭尽全力为上司服务;另一方面,生活中也拉近与上司的关系,做到滴水不漏,注意上司形象,以防上司犯糊涂。

对于上司来说,他们大部分喜欢有工作热情的人,接受任务时不推三阻四,积极主动地克服在工作中遇到的困难,很少有怨天尤人、唉声叹气的时候,不论遇到什么挫折打击都能以一种高昂的姿态去工作,给领导留下的总是"积极能干"的好形象。

大多数人认为领导都喜欢那些听话的下属,而且领导给下属的印象也是这样的。其实,领导都希望自己的下属能替自己分忧,想他没有想到的问题,帮助他们做一些辅助的工作。当然下属都愿意为领导处理一些事情,以获得领导的好评,但在做之前常常是心有余悸,怕自己的行为会让领导产生越权的心理。事实上,这种担心是多余的,帮助领导做一些力所能及的事情,只不过是尽自己所能,解除领导的后顾之忧罢了,领导对此也不会计较,反而会高兴。

小王在一家公司的公关部门任副经理,他的外事工作经验非常丰富。在公司的一次人事变动中,新来了一位领导。

经过一段时间的接触,他发现这位新领导的外事知识很欠缺,在走马上任的几天里便出了洋相。

有一次,公司接待一位来公司访问的外商,新领导为了表示重视,决定亲自布置接待场面。小王发现领导不知道该放一些什么样的鲜花和装饰品,于是他对领导说,这些小事无需您亲自过问,由他代劳就可以了,领导想了想同意了。结果这次活动搞得相当成功。

宴会结束后,在与领导的闲聊中,小王讲了一些外国人的禁忌和偏爱,还为领导讲了一些笑话,让领导增加了不少外事知识。

人无完人,上司懂得知识不一定比下属多,有时候利用自己知道的知识来为上司弥补不足,让上司在工作中呼风唤雨,潇洒自如地完成工作,哪个领导不喜欢这样的下属来做自己的左膀右臂啊。

工作感悟

作为老板每天要处理的事情有很多,难免会有处理不完的时候,这时,如果有一个得力的助手能够为自己分忧解难,在不用吩咐的情况下能够主动出色地完成这些工作,那么老板的心里一定早已把你列入不同于别人的位置上了。

第十章
[永远把客户放在第一位]

　　科技的进步,经济的发展,市场竞争的加剧,已经使今日的顾客不同于昔日的顾客,今天的市场也不同于昨天的市场。顾客是商品和服务的消费者,是企业赖以生存和发展的衣食父母,是企业创造最大效益的根本来源,只有取得了顾客的信任与支持,企业才能够在竞争激烈的市场经济中立足。所以,不论何时,企业都必须把消费者的利益放在首要的位置,用最好的服务态度满足顾客的需求,以此来实现利润的增加。

真诚地感激每一位客户

　　当一个人生病之后，去看医生，医生让他按时吃药打针，他一定对医生的话笃信不疑。这是因为人们对医生的信任。一名医生要想赢得病人的信任，就要有精益求精的医术，能够为病人真正地解除痛苦。但是，如果一个医生医术再高明，由于医德不好，没有病人的信任和支持，那么他高明的医术也无处可施展，也不能得到更多病人的认可。所以，当病人信任你，支持你的时候，千万不要孤傲清高，要记住随时要感激你的病人，因为是他们成就了你。与此相同的道理，一个企业要想在竞争中脱颖而出，就必须有强大的市场做后盾，而这个市场的建立是离不开广大产品消费者的支持。所以，当你赢得了顾客之后，一定要对客户表示感激，是他们给了企业生存和发展的机会。

　　顾客是企业的一种无形资产，虽然他们没有像员工一样在企业生产过程中做了巨大的贡献，但是，企业生产出来的产品，终究要进入市场上流通，顾客愿意购买我们提供的产品或者服务，那就是对我们企业的信任，从而实现为公司创造效益的目的。因此，对待我们的顾客就像对待我们的财富一样。

小王和小李是不同家电厂家的业务人员，小王所在企业的产品知名度要比小李大得多，受到客户喜爱，但是小王和小李在客户面前得到待遇却不同于自己的产品。这是为什么呢？原因很简单，小王每次带给客户的问题几乎都是雷同的，要么催款、要么埋怨产品销得不好，要么指责老板不配合厂家的思路，要么数落终端形象不够完美。对于客户提出的问题，也不愿及时解决。总之，要么指责埋怨，要么忽悠欺骗，要么和客户吹拉弹唱，在客户眼中该业务除了能为自己争取一些政策外，简直就是一个流氓。而小李呢？每次带给客户都是不同的问题，要么提出一些卖场布置方案，要么策划一些活动方案，要么主动给予一些政策支持，要么提供一些员工管理方案或制度，要么交流一些家电、竞争信息，在客户的眼中，小李就是自己的朋友，自己的员工，丝毫没有立场、身份的差别。由于关系好，小李的产品自然得到客户的主推，受到客户欢迎。

客户的信任是体现自己价值的最好方式，是他们给了我们最基本的信任和尊严。但是在现在社会中，许多企业在对待自己客户的前后完全是判若两人的做法。在没有赢得客户的时候，尽可能的表现出对客户的重视和热情，努力争取他们成为自己的客户。但是，当真正成为自己的客户之后，就对客户不闻不问，对客户的不满和抱怨置之不理，甚至还会恶语相向。这样的人心里从来就没有想过要感激客户的信任，只是把自己的产品卖出去就可以了。但是，请别忘了，顾客决定你生存和发展，决定着你是否能够创造价值。

当我们面对客户的时候，不妨学着换位思考一下，作为一个顾客，当遇到很好的服务态度的时候，心里一定会感到很温暖，感觉自己的要求得到了别人尊重和重视，就会从心底感激我们。假如，一名员工真正能够做到"顾客至上"，那么他很快就会得到顾客的肯定和认可。现在企业之间的竞争很大程度上就是对顾客的竞争，所以在保证产品质量的同时，一定要把顾客的利益放在第一位，争取尽自己最大的可能满足每一位客户，感激每一位客户对我们理解和支持。

工作感悟

不要把顾客的请求当作一种麻烦，无论你多忙，都要先服务好你的顾客，服务顾客的时候，你没有借口，因为顾客才是你真正的老板，真正为你的工作支付薪水的人。

为客户留下最好的职业形象

无论现在的科技有多么发达，一个企业要想在商海中林立，并占有一席之地，就得在这个大市场中拥有自己的客户并不断地挖掘潜在的客户。可以说，客户是企业的衣食父母，如果失去了客户这个坚强的后盾，那么企业也就得退出历史的舞台了。当然，现在企业与客户之间进行沟通交易的时候，方法有很多种，比如，电话里交易、发邮件进行交易等，即使在科技通讯这样发达的情况下，面对面地与客户进行交谈，对客户进行拜访是少不了的。那么企业员工的职业形象就成为抓紧客户的武器，包括员工的仪表、服饰、言谈举止等等，怎样才能给客户留下良好的职业形象，让其成为企业忠实的客户呢？

我们常说：细节决定成败。那么在这里道理也是相同的。要想为客户留下一个良好的职业形象，首先就要从小事做起，看似那些微不足道的小细节也许就决定着你成败的关键。

现在，尽管国内的许多企业对公司和员工的形象问题越来越重视，但是职场中服饰不当的现象还是很严重，比如，很多职业女性在办公室里穿露背衫，这在国外的公司简直是不可思议的事情。因为职业人最大的特点就是成熟、稳重、大方，只有这样才能给客户留下一个良好的职业形象。

在与客户接触的时候，不论自己的企业是做什么产品，也不要急于想怎样才能把自己的产品卖出去，最重要的是想怎样才能给客户留下最好的职业形象。在现代的商务交往中，服装整洁是对客户的尊重，所以一定要注意衣服穿着是否搭配、适宜，这样不会拉开与客户的距离，有利于进一步的接触。另一方面就是精神状态要积极，不要在面对客户时精神萎靡不振、心不在焉，这样会给客户留下没有诚意的感觉，从而不愿意继续合作。除此之外，在与客户交谈的时候一定要落落大方、不卑不亢、彬彬有礼，不要因为客户是什么企业的高层而心里恐慌，那样给客户留下不自信的感觉，无法取得客户对自己的信任。

具体的工作中，因为职业形象而造成与客户交谈失败的例子多不胜举，当然，面对这样的情况，每个人都会有一套说辞，比如说：产品不被客户接纳，客户根本不了解产品，所说的一切都不能打动客户。其实，根本的原因并不是出自客户，而是自己没有掌握真正与客户沟通的技巧去说服客户。幽默戏剧大师萨米·莫尔修说："身体是灵魂的手套，肢体语言是心灵的话语。若是我们的感觉够敏锐开放，眼睛够锐利，能捕捉身体语言表达的信息，那么，言谈和交往就容易得多了。认识肢体语言，等于为彼此开了一条直接沟通、畅通无阻的大道。"

企业中的每一个员工都是公司的门面，都代表着公司的形象。

芊芊是一个大宾馆的前台接待人员。在前年的冬天，有一个英国的旅游团来北京旅游，杰尔先生是旅游团中的一员。在旅游团入住宾馆的那一天晚上，正好是芊芊值班。大概在晚上 11 点的时候，当芊芊正要与其他同事进行换班的时候，突然接到了杰尔先生的求助电话，说自己病得很厉害，还伴有高烧的症状。

芊芊和大堂经理一起赶到杰尔的房间。打开房门之后，果然看见杰尔难受地躺在床上，脸色煞白。大堂经理决定立即送杰尔去医院治疗，但是因为自己值班走不开而有些为难，这时芊芊自告奋勇，说自己反正已经下班了，就陪着杰尔去医院吧。就这样，芊芊在夜里 12 点陪着杰尔去了医院。医生确诊杰尔患了急性盲肠炎，芊芊一直陪到护士给杰尔先生插上了点滴吊瓶，才悄悄离开。

第二天一大早，本来是芊芊休息，但芊芊提着妈妈煮的白米粥，到医院病房去看杰尔先生了。这样大概过了三天，杰尔出院了。

大约一周后，杰尔先生临走前拿了一笔数目不小的"小费"答谢芊芊的照顾，但芊芊拒绝了，说："宾馆有规定，我不能接受顾客的任何礼物，再说您是我们的客人，让您满意是我们的工作原则，我所做的也正是我工作的一部分，没有什么特别的，换了其他的宾客，我也会这样做。"无奈，杰尔和芊芊留了联系地址就告别了。走时，杰尔表示，自己以后还要来北京，来北京还要住他们的酒店。

杰尔回到英国和芊芊保持着通信交流，芊芊因为可以利用这样的机会训练自己的英语而高兴。在一次通信中，杰尔鼓励芊芊多学习，并坚信芊芊在职业上有很好的发展，芊芊表示，自己也有去国外读书的想法，但是一来自己的经济能力有限，二来自己就是个职高文凭，申请国外院校很难。在知道芊芊有留学的想法后，杰尔开始竭尽全力来帮助芊芊，在他的担保和促动下，芊芊去了英国，现在在那里学习现代酒店管理专业。

芊芊的行动，不仅为顾客留下了良好的职业形象，为宾馆拉到了忠实的客户，同时也为自己的发展提供了机会，帮助自己实现了梦想。

工作感悟

第一印象非常重要,这一点人尽皆知。人们通过什么对我们形成良好的第一印象?如果我们已经给别人留下不是特别完美的印象,这种印象还能改变吗?为了给别人留下良好的印象,关键要从自己的穿着、礼仪、言行方面入手。

满足客户的需求

企业的最终目的是盈利,对于企业来说,价格似乎是吸引顾客最有效的方法,但事实上用低价吸引顾客的策略容易使企业陷入"微利的陷阱"。相比之下,满足顾客的需求比低廉的价格更有效。

满足客户需求,主要由两个环节构成:一是明确客户需求,包括客户是谁,需求是什么,并为满足客户的需求制订合适的战略;二是采取合适的方式实施战略,解决客户的问题。满足客户的需求不是一句空话,是需要企业付诸行动去落实的,只有真正满足了客户的需求,产品才能更快、更好地被市场所接受,而一个真正能满足客户需求的销售人员才是成功的销售员。

刘昆是一家百货公司的团购经理,每次接到业务之后,总会努力去发掘客户的根本需求,然后尽最大限度地给予客户满足,赢得交易的成功。

一天,刘昆收到了大学老同学王朝的一份电子邮件。在邮件里,王朝告诉刘昆说他现在已经换了一家公司,在一家化妆品公司任市场部经理。公司通过加盟连锁方式,在众多城市设立了省级代理和办事处,零售点数量接近 800 家。最近筹划了一个为期 3 个月的"美丽自己,美丽家人"主题的全国促销活动,凡购买该公司化妆品累计消费达到 500 元,就能获赠微波炉 1 台。关于微波炉的事情,想请刘昆帮助他解决一下。看完邮件以后,刘昆还美滋滋地回忆了一遍上次与王朝的合作:成交 1 万盏台灯,从供应商那里取货后,直接让司机转到王朝企业的成品仓库。交易的过程非常简单,但是利润丰厚……

后来王朝又打来电话,说要到北京出差一段时间,如果刘昆觉得微波炉的交易难度不是很大的话,他就立即向公司汇报由刘昆来处理这批货物。刘昆当然欣然答应了,但是当他放下电话之后,忽然感觉还有什么地方没有做到位,王朝没有告诉他货物的数量。他谨慎地再看了一遍邮件:全国举行,为期 3 个月;化妆品的单价这么高,达到 500 元的消费额就可以获赠,那得需要多少台微波炉?要满足这次促销,王朝公司的采购数量是相当巨大的。刘昆不想辜负老同学的拜托,也不愿意在和化妆品公司洽谈时还没有做好准备工作。于是,他根据多年经验对该公司的需求量进行了估计,假设每个零售点每月需求 20 台微波炉,那么该公司的需求量将接近 5000 台。刘昆需要先了解清楚是否能在合约期内保证货源的供应。另外的问题是仓储,该化妆品公司是一家制造外包的公司,不一定拥有仓库。刘昆必须充分考虑到这一点。

随即,刘昆安排业务员提前与熟悉的电器厂家联系,询问货源是否充足、提货需多长时间、一次购买 3000 台包含运费的价位、一次购买在 1 万台的价位。得到的答复是货源充足,可以随到随提货。另外,厂家最近重点推广电脑控制的微波炉,老式的机械式微波炉价格目前比较低廉。

为了避免该公司一旦真的没有仓库存放货物的尴尬问题,刘昆必须提前找到备用仓库。

当一切事宜准备好后，刘昆来到该化妆品公司，最终确认交易数量是 6800 台微波炉。该公司自己都没有想到货物存放问题，刘昆却替客户想到了，并提前准备好了。刘昆轻松地得到这笔交易，还因此成了该化妆品公司的签约供应商。

通过上面这个事例，我们可以看到：刘昆并不是通过低廉的价格，而是通过更好地满足客户的需求赢得了生意。所以，在我们遇到不同的客户时，不妨多想一想，我们除了能够为他们提供优质的服务和产品之外，还是否能够帮助他们提供一些更有用、更超前的服务，这样的帮助一定能够赢得顾客对我们的肯定。所以，在竞争激烈的今天，如果能够向客户提供更多的附加利益，则更容易打动客户。

工作感悟

永远不要忘记你和你的公司是干什么的，这是一个满足顾客需求、向顾客提供服务的行业。

超越客户的期待

21 世纪的到来，全球化贸易流通速度越来越快，限制越来越少，这让企业面对的压力更大。科技进步、信息发达使得各个行业之间的技术及产品的差异越来越小，那些稍有发展前景的产业就会引来无数的新厂家来争取这块大肥肉，但毕竟肉少人多，在这种情况下，谁在竞争中取得了主动权，谁无疑就是赢家。那么，在这样竞争激烈的环境下,谁才能决定一个企业生存与发展的主动权呢?答案是顾客。所以,厂家与其不断用投机性的眼光改变策略,还不如以人性化的一面为顾客提供超乎其期待的服务。

什么是超越客户期待呢?我们可以通过一个例子来帮助大家理解:中国银行在杭州的一个分行,其大堂吧台内不仅供冷热饮料,还有上好红酒供客户品尝,这无疑超越了客户的期待。所以,所谓的超越客户的期待也就是为顾客提供比他们所期望的还要好的优质的产品和服务。只有产品的质量有保证了,服务周到了,顾客才能对你的企业和产品放心和信任。

现在消费市场与过去不同了,人们在购买产品的时候,更多的是对服务的需求,如果你服务做得不好,那么你的产品再优质,顾客也不愿意为你做广告。毕竟在这个时代,为了争取顾客,产品与产品之间的性能和质量上已经相差无几了,永远也不要担心顾客找不到厂家为其提供的产品。所以,优质的服务已经成为企业争取客户的重要保障。

有这样一个实例:

有一家非常有名的货运公司承诺将在第二天上午 10 点把包裹送到客户的手中,可是该公司经常会赶到 9 点或者 9:30 将包裹送到客户手中;一个公司的售后服务部门答应在上午 10 点将客户的电视机送到家中,可是该部门的工作人员在上午 8 点的时候就让顾客看上了电视节目,除此之外,他们还免去了一些需要客户交付的费用。

上面的两个例子都表现了企业超越了顾客的期待,自然也就赢得了顾客的心。无论是谁,当自己的角色是一名顾客的时候,都希望自己能够被重视,最大限度地满足自己的需求,不愿意遭遇被忽视、冷漠。为了做到这一点,就需要服务人员拥有热情、周到、优质的服务。

超越了客户的期望，可以维系好与顾客的关系，可以增加企业的营业额。但是，单单只是"优秀的服务"不能产生客户对企业的忠诚，使顾客产生忠诚度主要依靠提供"卓越的服务"。卓越的服务在顾客的心中可以留下长久的记忆，其次是可以通过人们的口碑成为名牌。

一家很有名气的电器公司，在回收旧冰箱时让客户感到很意外，他们所采取的做法是：经销商一一给客户打电话，告诉他们将回收冰箱，并同客户约定上门服务的时间。同时，他们借给每位客户一台冰箱。更令客户吃惊的是，当他们打开冰箱门之后，眼前总会有一束娇艳欲滴的鲜花，并附上一张纸条，表示对顾客深深的谢意。

当然，这样做的结果就不言而喻了。当公司的客户们受到了这样的优待服务之后，更多的人涌向了这家公司的经销店。

超越客户期待的手段就是营造产品和服务的附加价值。企业也不要把超越客户的期待看成是一个追求潮流或是提升公司形象的方法，而是应该将它视为企业的经营理念及使命，融入到企业的文化、经营策略以及政策当中。

工作感悟

如果服务的质量不好，公司的利益将受到损失。服务质量差会造成无法挽回的损失，服务一般造成的结果也一样。服务优良意味着将获得更多的利润、更多的乐趣和更大的发展，可以创造更美好的未来。

奉献，从点滴做起

奉献，是一种真诚自愿的付出行为，是一种纯洁高尚的精神境界；奉献，更是一种崇高理想的实践，是一种自我价值的实现。不论你从事哪一个行业，身处在哪一个职位，能够为事业奉献自己的才能和智慧就是荣幸的。无私奉献，源于一个人的气魄和胸怀，源于一个人的理想和信念。在我们奉献的过程中，照亮了别人，也亮丽了自己。

农民种田是一种奉献；工人生产是一种奉献；军人守卫边防是一种奉献；科学家科研是一种奉献；艺术家创作也是一种奉献。奉献就在我们每一个人的身边。

提起张海迪，关于她的事迹恐怕无人不晓。海迪 1955 年出生在山东半岛文登县的一个知识分子家庭里，5 岁的时候，她胸部以下完全失去了知觉，生活不能自理。医生们一致认为，像这种高位截瘫病人，一般很难活过 27 岁。在死神的威胁下，张海迪意识到自己的生命也许不会长久了，她为没有更多的时间工作而难过，更加珍惜自己的分分秒秒，用勤奋的学习和工作去延长生命。她在日记中写道："我不能碌碌无为地活着，活着就要学习，就要多为群众做些事情，既然是颗流星，就要把光留给人间，把一切奉献给人民。"

1970 年，她随带领知识青年下乡的父母到莘县尚楼大队插队落户，看到当地群众缺医少药带来的痛苦，便萌生了学习医术解除群众病痛的念头。她用自己的零用钱买来了医学书籍、体温表、听诊器、人体模型和药物,努力研读了《针灸学》《人体解剖学》《内科学》《实用儿科学》等书。为了认清内脏,她把小动物的心肺肝肾切开观察,为了熟悉针灸穴位,她在自己身上画上了红红蓝蓝的点儿,在自己的身上练针体会针感。功夫不负有心人,她终于掌握了一定的医术,能够治疗一些常见病和多发病。在十几年中,为群众治病达1万多人次。后来,她随父母迁到县城居住,一度没有安排工作,她从保尔·柯察金和吴运铎的事迹中受到鼓舞,从高玉宝写书的经历中得到启示,决定走文学创作的路子,用自己的笔去塑造美好的形象,去启迪人们的心灵。她读了许多中外名著,写日记,读小说,背诗歌,抄录华章警句,还在读书写作之余练素描,学写生,临摹名画,还学会了识简谱和五线谱,并能用手风琴、琵琶、吉他等乐器弹奏歌曲。现在她已是山东省文联的专业创作人员,她的作品《轮椅上的梦》问世,又一次在社会上引起了强烈反响。认准了目标,不管面前横隔着多少艰难险阻,都要跨越过去,到达成功的彼岸,这便是张海迪的性格。

有一次,一位老同志拿来一瓶进口药,请她帮助翻译文字说明,她翻译不出,看着这位同志失望地走了,张海迪便决心学习英语,掌握更多的知识。从此,她的墙上、桌上、灯上、镜子上,乃至手上、胳膊上都写上了英语单词,还给自己规定每天晚上不记10个单词就不睡觉。家里来了客人,只要会点英语都成了她的老师。经过七八个年头的努力,她不仅能够阅读英文版的报刊和文学作品,还翻译了英国长篇小说《海边诊所》,当她把这部书的译稿交给某出版社的总编时,这位年过半百的老同志感动得流下了热泪,并热情地为该书写了序言:《路,在一个瘫痪姑娘的脚下延伸》。

后来,张海迪又不断进取,学习了日语、德语和世界语。海迪还尽力帮助周围的青年,鼓励他们热爱生活,珍惜青春,努力学习为人民服务的本领,为祖国的兴旺发达献出自己的光和热。不少青少年在她的辅导下考取了中学、中专和大学,不少迷惘者在与她的接触中受到启发和教育变得充实和高尚起来。张海迪在轮椅上唱出了高昂激越的生命之歌,这支歌的主旋律是:一个人生命的价值在于为祖国富强,人民幸福而勇敢开拓,无私奉献!

一个人,如果愿意奉献自己的力量,他会得到很多益处,同时他的人生也会以此而流光溢彩。露丝·斯塔福德·皮尔说:"奉献是以你拥有的东西,无论是时间还是资源,去为他人的利益服务。这种给予是人类特有的,最可靠的,它是以精神为动力的。"

俗话说:"种得多收得多,种得少收得少。"对待客户也是如此,如果你能够为自己的客户奉献自己的职业精神,那么,即使你有很多不利的因素,也会因为你奉献的精神而感动你的客户,你才能得到更多的收获。

工作感悟

奉献和索取经常会一起出现,它们就好比一对孪生兄弟一样,总是形影不离。但奉献是一种精神,一种美德;索取是一种自私,是一种狭隘。这就是二者的区别。

站在顾客的角度看问题

随着人们生活水平的提高,人们对服务的水平要求也越来越高。在买卖的过程中,当卖者和买者双方发生了利益冲突时,作为销售者一定要多一些换位思考,站在顾客的立场上考虑他们真正的需求。销售中多些换位思考,站在对方的立场上考虑他们真正的需求,说些他们想听的建议,而不是一厢情愿地硬向顾客兜售产品。如果你只是考虑自己的利益,而不是站在客户的立场去为客户着想的话,生意一定做不长久!正如一位营销专家所说:"我很喜欢钓鱼,我也很喜欢吃冰激凌。可是,我在钓鱼的时候绝对不会用冰激凌做鱼饵。"

王先生是某家食品机械企业的产品开发部的销售人员。一天,他到一家食品企业去推销新研发的产品,该公司负责人领他到车间去参观,指着一台落满尘土的新式产品包装机械跟他说:"看看,我这套系统买了快两年了,只用过一次,系统出了毛病,开发商联系不到,5万块钱就这么泡汤了,你们这些开发商卖给我们东西时讲得很好,事后就撒手不管,根本谈不上什么售后服务。说什么高科技,压根就是骗人,包装出来的产品20%都不合格!你不用介绍了,我们绝不会再上第二次当。"说完,鄙夷地瞥了王先生一眼,说声:"请走吧!"

王先生并没有马上去辩解,而是选择了一个合适的时间,把公司现有的一些客户对产品的使用情况做了一个简单的附表拿给这家企业的负责人。这些客户,大都是行业内的知名企业,王先生又具体介绍了公司的售后服务条款,为了进一步取得客户信任,王先生还答应客户,可以免费试用一个月,如果出现问题,随叫随到。最后,客户终于被王先生的诚心打动。

作为一个营销人员,直接面对的就是顾客。要想做成功这笔交易,就必须首先去掌握顾客的需求和顾客的心理。如果顾客存在着戒备的心理,就要想方设法了解顾客在哪方面存在疑虑,然后对症下药。同样是销售人员,为什么有的人像王先生一样能够成功的推销出自己的商品,而有些人却不能呢?关键在于他用心去研究顾客的心理,照顾了顾客的需求,并且研究如何去满足顾客的需要。他只是比别人多做了一点点,却收到了比别人多很多的价值。

要学会像顾客那样思考,仅仅考虑怎样和顾客打交道,怎样给他们带来利益,怎样服务于他们是不够的,我们还必须考虑,我们的顾客怎样和他们的顾客打交道,怎样给他们的顾客带来收益,提供服务。只有这样,我们才真正开始以顾客的眼光来看待自己,才能明白我们向市场提供的产品和服务会对我们的顾客群产生怎样的影响,以及带去什么样的价值。

在如今技术高度发展,产品趋同的形势中,一个企业要想生存并发展就一定要有超值的产品让顾客愿意为之捧场的理由,只有把利益给予别人,把服务做周到,才能塑造出企业的独特魅力,赢得顾客的心。

工作感悟

凡事都有对立的两面,都有发生利益冲突的时候,但是无论何时何地,只要把自己的心放得宽阔一点,设身处地地站在别人的角度去考虑问题,有很多尖锐的矛盾都会化干戈为玉帛。

让顾客为你做广告

一个企业要想让自己的产品在市场上赢得知名度,做广告大力地宣传是必不可少的环节,只要投入大量的资金,进行密集型广告轰炸,在短期内就可以收到很好的效果。但是要让消费者认可产品,赢得消费者的口碑,恐怕仅仅靠广告轰炸是不能完成的,而是要从最基础的工作抓起,只有产品的质量和企业的服务态度超越了顾客的期望,才能做到让他们在购买了产品之后又起到了推荐和宣传的作用。

　　广告轰炸，能够把产品打入市场，使消费者的心理认识了这种产品，但是让大多数消费者购买一个新产品或者是一个没有听说过的品牌，恐怕是很难的。因为大家的心理都有疑惑和不信任，万一买回家之后，并不是广告中宣传的那样好怎么办？或者并不是自己期望的那样怎么办？所以，这就需要企业能够为消费者提供周到、优质、完善的服务，通过这些来打动消费者，当消费者的市场被打开一个小口的时候，并且产品的服务和质量又超出了他们期望，那么离产品打入消费市场，赢得消费者好口碑的时间也就不远了。因为，每个人的周围有很多亲朋好友，只要有其中的一小部分人使用了产品，那么就会把产品推荐给周边的人，而这些人又会把产品推荐给他们周边的人，就这样一传十，十传百，百传千……，渐渐的产品的市场被打开了，也赢得了消费者的认可。所以，企业一定要维系与顾客之间的良好关系，他们不仅会为产品起到宣传的作用，同时也让企业和产品的知名度快速地提高。

　　顾客是企业生存和发展的支柱，如果顾客不存在了，那么企业也就不存在了。一个企业不仅要包括属于自己的员工，同时也要包括属于自己消费群的顾客。只有把顾客当作企业的人，把顾客当作自己拥有的资产，企业才有生存的希望，才能在竞争中不断地发展壮大。

　　有一个来自海尔集团的故事：在福州有一位海尔的用户给青岛海尔总部打来一个电话，希望海尔能在半个月之内派人来福州修好他家的冰箱。

　　令这位消费者没有想到的是，第二天维修人员就赶到福州来到他家，用户有点不敢相信，经过询问才知道原来维修人员是连夜乘飞机赶到福州的。用户被感动了，在维修单上写下这样真挚的话："我要告诉所有的人，我买的是海尔冰箱。"

　　如果单纯地从企业的利益角度来看，乘飞机去修冰箱，企业吃亏很大,因为来回的路费与那台冰箱的价格相差无几,真有点得不偿失;但是从企业的形象来看,赢得顾客的好口碑的价值远远要多于那些路费,这样可以为企业带来潜在的客户资源。这就是海尔成功的因素之一。

所以,在这个社会中,一个企业做多少广告并不重要,重要的是顾客能够为你做多少广告。"顾客是上帝"并不是一句空口号,而是一句能为企业带来效益的黄金信条。用最优质的服务和过硬的产品质量征服消费者,发掘潜在消费者。尊重你的顾客,要比花巨额的资金做广告宣传好成千上万倍,你为顾客想得越多,他们回报你的就越多。

工作感悟

顾客服务工作不是额外附加的一项工作,是零售业上至总裁下至普通员工的所有人员的工作内容之一,所有人都应责无旁贷地随时关注顾客服务和顾客需求。